KB169053

무대는 거리, 공연은 지금, 나는 마술사입니다

무대는 거리, 공연은 지금, 나는 마술사입니다

1판 1쇄 펴낸날 2023년 2월 20일

지은이 김광중
펴낸이 나성원
펴낸곳 나비의활주로

책임편집 유지은
디자인 BIG WAVE

주소 서울시 성북구 아리랑로19길 86
전화 070-7643-7272
팩스 02-6499-0595
전자우편 butterflyrun@naver.com
출판등록 제2010-000138호
상표등록 제40-1362154호
ISBN 979-11-90865-90-6 03810

세상을 무대로 마술하는
자유로운 영혼, 그 삶의 기록

무대는 거리,
공연은 지금,
나는 마술사입니다

김광중 지음

나비의 활주로

많은 이들의 기억 한 페이지에,
기쁜 쉼표 한순간을 만드는 마술사

"왜 그걸 갖고 다녀요?"

"다른 걸로 바꾸지 그러세요?"

내게는 이렇게들 말하는 손바닥만 한 테이블이 하나 있다. 이는 내 공연의 피날레를 자주 장식하는, 이를테면 '하늘을 나는 테이블'이다. 벌써 십 년도 넘게 들고 다니는, 내 공연에서 빼놓을 수 없는 중요한 소품이다. 쓰고 또 쓰면서 낡아져버리긴 했으나 그만큼 어느새 소품, 그보다 더 큰 의미가 생겨버렸다.

테이블이 낡아지는 사이, 그저 마술이 좋았던 소년에서 '대한민국 1호 버스커 마술사'로 성장했고, 세상 무서운 것 없던 청년에서 두 아이의 아빠와 한 여자의 남자가 됐으니까 말이다. 무엇보다 공연을 지켜보던 수많은 이들의 기억 한 페이지에, 기쁜 순간의 쉼표 한순간을 만들었다는 보람을 함께 했으니까.

쑥스러운 마음도 있으나 이 책은 나의 지금까지의 시간을 정리해 보고 싶었던 지난 몇 년 간 해온 고민의 결과물이자, 부모님의 보살핌이 필요하던 작은 존재가 한 명의 사람으로 성장하기까지 좌충우돌한 우여곡절의 이야기다. 바라건대, '어, 나도 그랬는데'라는 정도로, 혹은 '이런 경험도 했구나' 하는 마음으로 가볍게 읽어주셨으면 한다.

더불어 내 공연을 보시고 또 이 책을 읽으시는 분들이 언젠가 내가 만들고자 하는 마음속 공연장에 도란도란 앉으셔서 즐거운 기억과 기쁘고 재미있는 경험을 더 누릴 수 있으셨으면 하는 바람을 더해본다.

언젠가 한 관객이 인터넷에서 내 공연을 봤다면서 "공연이 할 때마다 조금씩 다르네요? 왜 그러는 거예요?"라고 물어본 일이 있었다. '세상에서 가장 지루한 게 뭘까?' 하는 질문에 대해 아마도 사람마다 대답이 다르겠지만, 내게 그 질문을 한다면 "똑같은 마술을 맨날 똑같이 하는 거요"라고 대답할 것 같다. 세상에나 그렇게 지루한 일이 또 있을까? 한강 고수부지에서 한다고 해도 봄 공연이 다르고, 가을 공연이 다르다. 오늘 오전에 하는 공연의 분위기와 퇴근 시간에 하는 공연은 당연히 다르다. 사람이, 시간이, 날씨가, 분위기가 그리고 무엇보다도 관객들이 다른데 공연만 그대로라? 생각만 해도 지겹다.

그래서 원칙을 하나 갖고 있다. 이를테면 공연 모토인 셈인데 '쌍방형, 대화형, 소통형 공연을 하자'는 것이다. 테이블이 날아오르는 것을 관객들이 좋아한다 싶으면 더 극적인 장면을 연출하고, 꼬마 아이들과 함께 온 부모님들이 많으면 꼬마들을 마술에 참여시키는 레퍼토리를 즉석에서 집어넣는 식이다. 아마도 그게 세계에서 둘째가라면 서러울 만큼 지루함을 잘 느끼는 우리나라 관객들에게서 아직도 박수받으며 공연하고 있는 원동력이 아닐까 싶다. 변화하지 않고 과거의 모습을 답습하지 않는 공연가가 되려고 한다는 얘기를 하려다가 덧붙였다.

'나 같은 사람이 책을 써도 되나?' 하는 생각을 쉽게 떨치지 못했을 때 어떤 이가 "누구에게나 책 한 권을 쓸 만큼의 이야기는 있어요"라고 했다. 그 말에 용기를 냈었는지도 모르겠다. 다만, 그것들을 끄집어내기 위해서 갈고닦아야 한다는 단서가 달리기는 했지만 말이다. 이 책이 읽기에 불편하거나, '뭐별 내용 없는데?' 싶다면… 내가 덜 닦았거나, 끄집어내야 할것들을 미처 못 끌어냈기 때문일 것이다. 이러한 점에 대해서 부디 양해를 바라며, 거리에서 지나가는 이들에게 호기심과 즐거움을 주기 위해 마술과 공연을 하며 살아가는 마술사인 나만의 이야기를 시작해 보겠다.

김광중

CONTENTS

CHAPTER 1

나는 거리에서 자유롭게 공연하는 버스커

CHAPTER 2

마술사, 그 평범하면서도 신비한 존재

닭이 먼저일까?
달걀이 먼저일까?

마술사라서 이런 얘길 하는가 보다 정도로만 여겨주시고 우리 자신이 갖고 있는 '확신'에 관한 질문 하나를 하겠다.

"닭이 먼저일까요? 달걀이 먼저일까요?"

"닭!"

뜬금없이 이 질문을 하던 사람이 했던 대답이었다.

닭이든 달걀이든 어떤 쪽이라고 해도 할 말이 많지만, "왜요?"라고 물었더니 돌아오는 설명이 이랬다. 생명의 기원에 대한 대표적인 견해 두 가지에 의하면 닭이기 때문이란다.

첫 번째는 창조설, 신께서 지구상의 생명체를 창조하셨다는 주장이다. 창조설을 믿는다면 닭이 먼저라고 한다. "왜요?"라고 다시 물었더니, "사랑이 넘치시는 창조주께서 부모도 없이 이 세상에 덩그러니 달걀만 만드셨겠어요?"라고 했다.

"그래서요?"라고 되물었더니,

"그래서는요. 그러니까 닭이 먼저지요"라는 게 아닌가.

….

생명의 기원에 대한 두 번째 견해인 진화론으로도 닭이 먼저란다. "그건 또 왜요?"라고 물었더니 아메바가 진화를 하고 또 하고 거듭해서 점점 더 복잡한 생명체로 변해갔다는 거다. 그러다 어느 순간엔가 '닭이라고 불러야 할 것 같은데?'라는 생명체가 나타났을 것 아닌가? 듣고 보니 '그렇겠지' 싶었다.

그러니까 닭이 먼저다.

….

스멀스멀 아랫배에서 뭔가 뻗쳐오르는 무언가를 느끼며, "다른 견해가 있지 않을까요?"라고 다시 물었더니, '외계 도래설'이라는 게 있는데 그에 따라서도 닭이 먼저란다. '달걀보다는 닭이 보관과 운반에 용이할뿐더러, 새로운 행성에 적응하는 것도 달걀보다는 닭이 훨씬 현실적으로 말이 되지 않느냐?'라고 했다. 하아 … 말 몇 마디에 사람이 이렇게 지칠 수도 있구나 싶었다. 그런데 그의 마지막 말에 딱히 대꾸할 대답이 떠오르질 않았다. 나도 이 책을 읽으시는 분들께 같은 질문을 하고 싶었다.

"직접 경험한 것도 잘못 생각할 수 있는데, 겪어보지도 않고, 해보지도 않은 일에 그런 확신을 가질 수 있는 건 무슨 까닭인가요?"

잘 알지 못하는 일을, 처음 하는 경험을 하게 되는 데 실패하고, 잘못될 걱정이 없을 수 있을까? 뭘 하려고 하는지는 알 수 없지만 그게 안 될 것이라고 여기는 건 무슨 근거가 확실해서인가? '너는 그걸 절대로 할 수 없어'라고 단정 짓는 이유는 충분히 설명할 수 있을까?

그래서 늘 이렇게 나 자신에게 말한다.

"해봐. 실패하면 뭐 어때?"

죽은 사람을 살리는 마술을 하겠다는 것도 아니고, 내일 아침에 일어나면 재벌이 되게 해달라는 것도 아닌데 뭐 어때? 해보면 되지. 그게 뭐든!

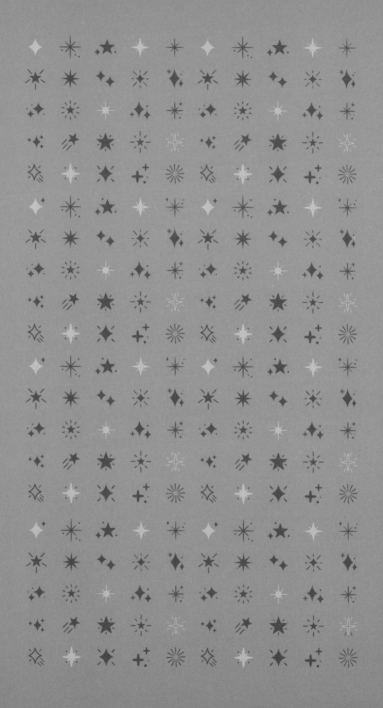

나는 거리에서
자유롭게 공연하는
버스커

나,
자유롭게 버스킹하는 영혼

달리 만나야 할 사람이 있는 것도, 누군가 나를 찾았던 것도 아니었지만 군대를 마친 후 무작정 가방을 메고 호주로 떠났다. "왜 호주였어요?"라고 누군가 물어보면 특별히 할 말은 없다. 알고 지내던 형님의 권유가 있기는 했지만 그 이유 때문만이라고 할 수는 없었다. '굳이 왜 호주에는 갔느냐?' 하고 또 묻는다면 원인과 결과가 꼭 순서대로 모습을 드러내지는 않는 것처럼, "그냥 가고 싶었어요"라는 게 정답이라면 아마도 정답이지 싶다.

버스 요금부터 달랐던 호주에서의 공연은 예상했던 것보다 쉽지 않았다. 우선, 말이 통하지 않는 사람들이 오가는 거리에서 공연하고 사람들을 즐겁게 해주는 데에 생각보다 많은 준비가 필요하고 신경 써야 할 것들이 그렇게나 엄청난 지는 미처 몰랐다. 이러한 사실이 한동안 나를 어렵게 만들기는 했다.

아는 것보다는 모르는 것이 훨씬 많아서 그걸 배우고 익히는 것에 급급하던 그런 정신없고 분주하지만 실속은 그리 없는 어느 날이었다. 하루는 많은 아티스트들이 공연을 하던 장소에서 머리가 희끗희끗한 할아버지 한 분이 피아노를 치고 계셨다. 사람들이 얼마나 많이 오고 가는지를 살펴야 하고, 공연하는 데 문제가 되는 것들은 없는지도 점검하는 잡다한 일들이 그 즈음에서야 내 머릿속에 어느 정도 체계가 잡혀 거리의 공연이 조금씩 익숙해 가던 무렵이었다. 하지만 여전히 내 공연을 그저 하는 것에 급급했었는데, 그렇게 신경이 바짝 곤두서 있던 나도 어느새 그 할아버지의 연주 솜씨에 빠져들어 그만 넋을 놓고 구경하게 됐다.

본 적은 없지만 '아마 옛날에 큰 산에 살았다는 산신령이 저런 모습이 아니었을까?' 싶을 정도로 느릿느릿 건반을 쓰다듬다가도, 보는 사람들이 빨려 들어갈 정도로 피아노를 거칠게 다루는 모습이 너무나 매력적이었다. 그분에게 뭘 배우겠다는 생각을 하기도 전에 주머니를 뒤적거렸다. 맨손으로 날아와 시작한 호주 생활이었으니 내 형편이 넉넉할 리가 없는 게 당연했겠지만, 그 좋은 공연을 봤으니 동전 몇 개라도 드리고 싶은 마음이었기 때문이다.

무슨 이유였는지 할아버지의 피아노 앞이나 공연장 어디에도 티 박스가 없었다. 손에 동전 몇 개를 들고 주위를 두리번거리던 모습이 흥미로우셨는지 할아버지가 내게 말을 걸어왔다. 짧은 영어였지만 비슷한 종류의 일을 하는 사람들이 갖는 공통점이 있었기 때문인지 우리는 금세 오래 보아온 사이처럼 친근한 대화를 나누게 됐다.

"왜 티 박스가 없어요?"라고 묻자, 그분은 이렇게 답하셨다. "내가 피아노를 치는 걸 워낙 좋아해서 거리에서 사람들에게 피아노를 들려주는 것 뿐이야." 왜 그렇게 자꾸 질문을 했었나 싶지만 "그래도 관객들에게 돈을 받는 게 낫지 않아요?"라고 물어봤다. 그랬더니 그는 매만지듯 건반을 두드리던 그 모습으로 "이게 내 삶이지This Is My Life"라며 씩 웃어넘기셨다.

몇 해 전 전국의 거리 공연자들과 공연 관계자들이 모여서 시민들이 거리 공연을 좀 더 쉽게 만날 수 있는 플랫폼으로 만들기 위해 머리를 맞대고 토론을 했었다. 성인이 된 사람들끼리 서로 다른 의견을 가진 채 만나 이야기를 하고 그것에 대해 어떤 결과를 낳아야 한다면 그 과정이 쉽지는 않은 게 정상이기는 하겠지만, 가끔 앞뒤가 막막한 마음으로 그런 지루한 대화를 이어 나가야 할 때도 있다.

아마도 그날의 대화가 그런 것이었는가 보다. 연미복을 입고 거리에서 피아노를 연주하면 그건 예술이고 허름한 복장으로 조악하게 생긴 처음 보는 물건으로 음악을 하거나 아무 데나 서서 마술을 하는 건 '거리에서 하는 짓'이라고 생각하는 사람을 실제로 만나면 답답하다 못해 막막한 심정이기도 하다.

문득 호주에서 만났던 그 피아니스트 할아버지가 떠올랐다. 버스킹이 '돈을 벌기 위해서 거리에 나와 공연하는 것'이라는 그 안일한 발상에 대꾸조차 하기 싫었던 그날의 내 생각을 조금쯤은 자책할 필요가 있겠다 싶었기 때문이었다. 눈에 보이는 모습이 같다고 해서 그것의 원인이나 당초의 목적이 같은 것이 아닌 법이니. 무대가 아닌 거리에서 마술과 퍼포먼스를 하는 버스킹을 처음 시도했던 사람의 입장에서 어느 정도는 책임감을 느껴야 한다는 생각을 하게 됐다. 아닌 건 아니니까.

그분께 이런 질문을 던질까 했었다. 발레리나가 〈백조의 호수〉의 그 유명한 32바퀴 턴을 리바이스 청바지를 입고 거리공연에서 한다고 해서 그걸 타락했다고 말할 수 있을까? 아니면 그 공연을 보고 감동받은 관객이 지폐 몇 장을 꺼내서 발레리나에게 주었다고 해서 발레를 팔았다고 비난할 수 있을까?

그래서 '우리나라에서 버스킹 미술을 처음 시작한 사람'이라는 자격으로, 버스커는 돈을 벌기 위해 길로 나선 사람들이라는 그 놀랍고 안일하며 무지하기까지 한 발상에 진심으로 정중하게 반박을 해야겠다고 다짐했다.

그렇다고 그의 감정을 상하게 하거나 면박을 주고 싶지는 않았기 때문에 적합한 기회를 찾았고 '책을 써보고 싶다'는 오랜 계획을 실행으로 옮기고 있던 이 기회를 빌어 그분에게 버스킹에 대해 말씀을 드리고 싶었다. 그분이 버스커들을 매도하기 위해서 그런 발언을 했다고 믿지는 않았고, 내 반박이 그분의 마음을 조금이라도 다치게 하고 싶지도 않았다.

관객들에게 기쁨을 주기 원하는 공연가이고 관객들의 기쁨이 곧 내 기쁨이기 때문에 내 공연이 그저 하고 싶은 레퍼토리로만 가득해서 '내가 만족하면 된다'라는 식으로 꾸려가지 않기를 바라는 것도 그 때문이기도 하다.

버스커들이 거리에서 공연하는 이유가 관객들을 기쁘고 행복하게 해드리고 싶기 때문인 것처럼, 버스커들 스스로도 그것을 통해서 기쁨을 얻고자 하는 마음이 기본적으로 깔려 있다. 어느 누구라도 자기 의견이 반박당했을 때 기분이 좋지는 않을 테니까. 누군가를 기쁘지 않게 하는 것은 원하지 않는다. 그때도 지금도 그리고 앞으로도.

프랑스 사람들은 프랑스 대혁명을 통해 자유, 평등, 박애라는 가치를 삶과 생활에 실현했었다고 한다. 그만큼 숭고한 목적은 아닐지 몰라도 버스커들은 돈을 벌어 생계를 꾸리기 위한 수단으로 거리에 나서서 사람들에게 웃음을 파는 사람들이 아니라, '오로지 공연으로 관객들을 즐겁게 하고 싶다'는 마음으로 거리에 나선 사람들이라는 것부터 아셨으면 좋겠다.

많은 버스커들의 행색이 무대에서 잘 차려입고 공연하며 점잖은 환호를 받는 그런 아티스트들의 모습과 조금 달리 허름하게 보일 수 있는 건, 옷 차려입을 돈이 없어서가 아니라는 것도 아울러 알려드리고 싶었다. 매너리즘에 빠지거나 다른 무대 혹은 인터넷 어디서라도 볼 수 있을 뻔한 공연을 하면 단박에 어렵게 모인 사람들은 각자 제 갈 길을 가버리는 무대, 그래서 모든 공연이 '오늘 지면 탈락이다'라는 심정으로 임해야 하는 무대. 그게 거리의 공연이고 그렇게 곁에서 누가 챙겨주거나 하지 않고 오로지 스스로 모든 것을 해내야만 하는 날 것의 무대에 서는 아티스트들이 바로 버스커이지 않은가.

여담이기는 하지만 버스커들이 티 박스를 앞에 놓고 공연하는 게 혹은 공연이 끝나고 모자를 관객들에게 돌리는 게 생계의 수단이나 심지어는 구걸의 한 종류라고 착각하는 사람들이 아티스트나 공연 기획자라는 이름으로 삶을 꾸려가지는 않으셨으면 하는 진지하고 무거운 조언을 드리고 싶은 마음이기도 하다. 혹시 그분이 기회가 되신다면 호주 거리에서 진지하고 때로는 흥겹게 건반을 두드리던 그 할아버지 피아니스트의 연주를 듣고 감동받는 인연이 생기기를 진심으로 바란다.

버스킹의 근본은 돈이 아니라 자유로움이다. 누구에게도 속박 받지 않고 지시받지 않는, 전적으로 자기 자신의 책임 하에 관객들에게 웃음을 주고 감동을 주려는 자유로운 이들이 바로 버스커들이다. 손뼉 치던 관객들 중 단 한 명의 사람도 티 박스나 모자에 동전 하나를 넣지 않아도 '에이~ 오늘 공쳤네'라고는 여기지 않고 부디 즐거우셨기를 하고 바라는 이들이 바로 '버스커들'이라는 사실을 맑은 눈으로 목격하게 되시는 날이 빨리 오기를 진심으로 바란다. 아울러 "그럼 왜 돈도 안 되는 걸 길바닥에서 합니까?"라고 누군가 또 묻고 싶으시다면 또 진심을 담아, 정중하게 이렇게 말하고 싶다.

"이게 내 삶이지요. 난 젊으니까."

어느 날,
마술에 빠지게 된 마법 같은 이야기

마술을 하게 되면 경험하게 되는 마술 같은 순간들이 있다. 무언가에라도 쫓기는 듯 바삐 거리를 걷는 사람들의 표정은 대부분 무심하고 굳어져 있는 게 보통인데, 그렇게 나와는 아무 상관없고, 세상 일이나 타인들에게 아무런 관심도 없어 보이는 사람들이 스쳐 지나가는 그런 공간에 홀로 서서 늘 무언가를 시작한다. 근처에 머물러 있는 사람들이라고는 가방을 바닥에 내려놓고 친구들과 수다를 떨고 있는 중학생들일 때도, 엄마에게 무언가를 사달라고 조르던 예닐곱 살쯤 되는 사내아이일 때도 있다.

그런 사람들의 고개가 하나씩 내게로 돌려지는 것을 느끼기 시작하면서 공연도 시작된다. 가벼운 몇 가지 마술을 보면서 사람들의 얼굴이, 몸이 나를 향해 주목하기 시작하고 한 명씩 두 명씩 눈빛이 가득한 호기심으로 초롱초롱 해지면 어느샌가 사람들은 하나로 묶이기 시작한다. 관객이라는 이름으로.

찌릿찌릿한 그 감동에 좀처럼 익숙해지질 않는다. 내 공연 하나에 웃음을, "와~" 하는 탄성을, 그리고 손뼉을 보내며 하나가 되는 이들. 나는 거리의 마술사 김광중이다.

한데 호기심 많고, 장난기 가득한 꼬마가 마술사로 바뀌기까지는 엄청난 스토리가 있거나 하지는 않아서 '어떻게 그렇게 됐을까? 마술 같은데'라는 생각이 들기도 한다. 거리를 무심히 오가는 사람들을 잠시나마 하나로 묶을 수 있는 마술을 하는 내가 정작 마술에 빠지기 시작하게 된 계기는 역설적으로 '약간의 소외감(?)때문'이었다고 할 수 있을 테니까.

고등학생이던 어느 날, 동네 아는 동생과 함께 봉사활동을 하고 있었다. 시설에 있는 장애우들의 곁에서 이런저런 일들을 도와주기도 하고, 함께 즐거운 시간을 보내는 것이어서 봉사라기보다는 좋은 친구들과 같이 있는 것 같았다.

그런데 친하게 지내던 장애우들이 동생에게로만 가는 걸 알게 됐다. 감정에 솔직한 친구들이라 나보다는 '동생 옆에

있는 게 더 재미있나 보다' 싶어 나도 그쪽으로 가봤더니 동생이 언제 배웠는지 간단한 마술을 친구들에게 보여주고 있었다. 그것이 마술을 처음 접한 순간이었던 셈이다. 별것 아닌 것 같았는데 그게 어찌나 신기하고 재미있던지 그리고 장애우들이 마술을 보여주던 동생에게만 가는 게 약간 샘이 나기도 해서 그 동생에게 마술 좀 가르쳐달라고 졸랐다. 그게 마술이라는 세계로 접어들게 된 계기였다.

잠깐이지만 소외감을 느끼게 했던 마술이 사람들을 하나로 묶을 수 있기도 하다는 게 생각할수록 신기했었던 기억이 새롭다.

겁도 철도 없었던 이등병,
장군에게 편지를 쓰다

공연을 하기 전에 사람들이 한두 명씩 관심을 보이기 시작하면 "두 유 라이크 매직Do You Like Magic?"하고 외친다. 그러면 대부분은 "예Yeah~"라는 답이 돌아온다. 사는 게 너무 뻔하고, 비슷비슷한 일상이 반복되기 때문에 마술을 더 좋아하는 게 아닐까 싶다. 별의별 일을 다 겪어 봤어도 아직까지 "두유 라이크 매직?"이라고 외쳤을 때 "노우No"라고 하는 사람을 보지 못했다.

내가 운영 중인 '웃음공장Smile Factory'에서는 사람들에게 마술을 가르치는 일도 하고 있는데, 이렇게 마술을 배우는 사람들이 꼭 하는 말이 하나 있다. 바로 "왜 이 생각을 못 해봤지?"라는 것이다. 궁리해 보면 누구라도 어떻게 하는 것인지 그 방법을 찾을 수 있을 것 같은 간단한 마술도 의외로 많기 때문이다.

이처럼 사는 것이 재미없고 지루하며 따분한 것의 모든 이유도 우리가 바꾸거나 할 수 없는 불가능한 것만은 아닐 텐데 단지 시도조차 하지 않아서 해결되지 않는 것도 적지 않을 것 같다.

아는 동생과의 작은 에피소드로 마술이라는 새로운 세계로 들어섰고, 하루하루가 지날수록 점점 더 마술에 빠져들어만 갔다. 하지만 마술사에게도 피할 수 없는 것이 있었으니 군대 문제였다. 그렇다고 군대를 가야 한다는 것이 마냥 싫거나 하지는 않았다. 당연히 해야 할 의무라고 여겼기 때문인데, 군대에 대해서 고민을 잠시 했던 것은 '마술을 계속할 수 있는 방법에는 뭐가 있을까?' 하는 점이었다.

막상 직접 겪는 군대와 밖에서 듣는 군대에 대한 피상적인 이야기와 차이가 큰 것처럼, 군대에서도 마술을 계속할 수 있는 방법이 분명히 있을 것이라고 생각했다. '마술 병'이라는 보직이 있다는 얘기도 이미 들었으니까. 하지만 문제는 안타깝게도 내가 속해 있던 사단에는 이미 마술 병이 있었기 때문에 그 사람이 제대할 때까지 기다릴 수밖에 없었다는 것이었다. 그렇다고 막연히 기다리고만 있는 건 성격상 어울리지도 않아서 '무슨 방법이 없을까?' 하고 또 궁리를 했더랬다. 가만히 있으면 내가 사회에서 마술을 했다는 사실을 누가 알고 마술 병으로 데려갈까 싶었기 때문이었다. 내 공연이 '쌍방향 소통'이라고 말하는 것도 같은 맥락이다. 먼저 "저 마술 잘해요"라고 말하고 직접 보여줘야 반응이 돌아오곤 한다. 뭐 세상살이가 다 그런 것 아닐까?

그래서 81밀리미터 박격포반 막내로 군 생활을 하면서도 매달 사단장님께 편지를 썼다. '저를 마술 병으로 임명해주신다면 정말로 재미있는 마술을 할 수 있고, 병사들을 즐겁게 해줄 수 있습니다'라고.

그러자 짜잔~하고 사단장님의 답장이 날아오는 마법 같은 일은 물론 일어나지 않았지만 그렇다고 편지 보내는 것을 그만두지는 않았다. 열심히 연습하고 또 연습했어도 실제 관객들 앞에서 하는 공연에서 망신을 당할 수도 있는 게 인생이지만 그렇다고 해서 좌절하고 그 공연을 포기하면 안 되는 것도 인생이니까. 그렇게 무턱대고 마술 병을 시켜달라던 이등병은 어느새 일병이 됐다. 그렇게 일 년 넘게 지난 어느 날, 더플백 하나를 달랑 매고 다른 곳으로 향하고 있었다. '마술 병 제대했다는 데 이 녀석 한번 보내'라는 윗분들의 지시가 있었던 모양이었지만 어찌 됐든 대답 없던 내 편지가 드디어 오케이라는 답장을 받은 셈이었다.

생각해 보면 내 나이에 이런 얘기를 한다는 게 적합한 것 아닐 수 있다 싶기도 하지만 산다는 것은 참 재미있기도 하고 힘들기도 한 무척 복합적인 그 무언가가 아닐까 싶다. 전혀 생각해 보지도 않았던 마술이라는 평생의 길로 들어선 계기가 친한 동생의 간단한 마술 시범 때문이었던 것처럼, 저런 사람과 살면서 만날 일이 있을까 싶었던 이들과 뜻하지 않게 만나고 한동안 시간을 같이 보내기도 하는 것처럼 말이다.

편지를 보낸 지 15개월 만에 군악대 마술 병이 되었고, 새로운 군악대 내무반에서 TV에서만 보던 유명한 사람들과 함께 생활을 하게 됐다. 키가 굉장히 컸던 가수 김태우, 성시경 형은 유명 연예인이 아니라 그냥 동네 형 같았고, 나를 친동생처럼 대해줬던 싸이 형도 무턱대고 사단장님께 보냈던 기약 없는 편지 덕분에 만난 셈이다.

아마 누군가 "내게 참 무모했군요"라고 말할지도 모르겠지만 '해도 소용없을 거다'라는 자포자기의 마음이 적어도 없었다는 것은 확실하겠지? 마술이라는 것도 그것과 비슷하다고 말하고 싶다. 신기한 마술을 보면서 "와~" 하고 마는 사람들이 있는가 하면, '저건 어떻게 하는 걸까?'라는 생각으로 자꾸 들여다보고 고민하며 연습하는 이들도 있으니까. 오늘과 다른 삶을 어떻게 살 수 있는지를 모르겠지만 어떻게 다른 삶이 시작되는지는 잘 안다. 다른 생각을 하고 다른 행동을 하게 되면 결국 다른 삶을 살게 되는 법이다.

결국 사람들이 마냥 신기하게 여기는 마술이나 무턱대고 마냥 편지를 보냈던 이등병 김광중이나 '계속했다'는 중요한 공통점은 갖고 있던 셈이다. 고백을 좀 하자면 그 무렵의 내가 겁이 없었거나 혹은 철이 없었거나 최소한 둘 중 하나는 없었던 모양이다. '둘 다'였는지도 모르지만.

마술사인 관계로 평범한 일을 하는 사람들보다는 떠남Leaving을 자주 하는 편이다. 물론 아무리 비행기를 타고 간다고는 하지만 먼 길을 오고 간다는 게 육체적으로 피곤한 일일 수밖에 없어서 만리장성을 통과하는 그레이트 일루전 마술로 사람들을 깜짝 놀라게 했던 데이비드 카퍼필드David Copperfield 나 영화 〈나우 유 씨 미Now You See Me〉에 나오는 어떤 마술처럼, 갑자기 외국으로 뿅~ 하고 순간이동 할 수 있는 마술을 할 수 있으면 좋겠다 싶기도 하다.

여기저기 많이 다니다 보니 사람들과 연락을 주고받다 보면 '지금은 어디에 있어?'라고 묻는 경우도 종종 있는데, 어딘가로 훌쩍 떠나있거나 아니면 외국의 어느 이름 없는 동네 거리에서 마술하고 있을 확률이 높다는 걸 경험적으로 알고 있기 때문이겠지 싶다. 성격상 사람들이 많이 찾는 유명한 관광지보다는 대중교통도 불편한 그런 이름 모를 외국의 어느 동네에 가는 걸 훨씬 좋아해서 당시 여자친구였던 은경에게 특이한 여행을 제안했다. '그때 그걸 왜 승낙했을까… 운명?' 그렇게 많은 곳을 다니다 보면 왠지 모르게 어떤 생각이나 느낌을 갖게 되는 곳들이 있다. '아, 여긴 뭔가 다르다. 혹은 무언가 있는 땅'이라고 수첩에 쓰기도 하는 그런 느낌을 받게 되는 곳 말이다.

어느 수첩엔가 '무언가 있는 땅'이라고 적었던 인도의 바라나시Varanasi가 문득 떠올랐다. 보통 '인도'라고 하면 떠오르는 막연히 영적이고 신비롭기만 할 것 같은 느낌은 막상 도착해 몇 시간이면 사라지게 마련이다. 더러워도 너무 더럽다는 말이 절로 나올 정도이기 때문인데, 과장 없이 어느 정도인가 하면 사람들이 오고 가는 강에서 태연하게 바지를 내리고 대변을 보는 사람들이 드물지 않은 곳이 인도라서다.

고체와 기체의 중간 정도를 '플라스마Plasma'라고 하던데, 그게 어떤 건지는 잘 모르겠지만 액체와 고체 중간쯤 되는 게 뭔지는 잘 안다. 도착하자마자 인도가 가르쳐 줬으니까. 느긋하고 낙천적인 성격이지만 그 물질이 발가락 사이로 삐

져들어오는 걸 보면서 으악 소리 몇 번 정도는 질렀던 기억
이 있다.

하지만 인도를 조금 안다는 사람들은 열흘만 참아보라고
만 하고는 빙긋 웃는다. 인도라는 땅에는 참 희한한 무언가
가 있는 건 확실하다. 뭐라 논리적으로 설득력 있게 설명할
수는 없겠지만, 분명히 존재하는 그 무언가가 있고 어느샌
가 자연스럽게 그것을 느끼게 된다. 그게 인도의 매력인지
도 모르겠다.

도저히 사람이 살 수 없을 것만 같은 그곳에서 만난 사람들
의 표정은 유독 빛이 났다. 특히나 바라나시가 그런 곳이었
다. 큰 기대를 갖고 왔다가 실망만 안고 돌아가는 사람들도
많지만 마음속에서 무언가를 내려놓고 볼 수 있다면 결코 실
망을 주지 않는 곳이 인도이고 바라나시라는 곳이다.

왜냐하면 '나 같은 이방인이 보기에도 정말로 삶이 힘들어
보이는 데에도 저토록 환하게 웃을 수 있을까?' 싶어지기 때
문이다. 그래서인지 그곳 바라나시에서의 공연은 유독 깊은
인상으로 남아있다. 그리고 지금의 아내 은경에게도. 그들
은 뜬금없이 길거리에서 마술을 보여주던 낯선 이방인을 장
사꾼이나 관광객이 아니라 자신들을 기쁘고 즐겁게 해주러
온 사람으로 대해주었다. 익숙한 일상의 사람들과 낯선 이

들 사이에 당연히 있을 수밖에 없는 거리Distancing가 없었던 셈이다.

아마도 그곳 바라나시에는 언젠가 '나'라는 존재에게 찾아올 미래를, 이미 현재에 살고 있는 사람들이 살고 있기 때문이 아닐까 싶기도 했다. 그 바라나시에서의 기억이 참 많이 남는 건 아마도 평소에 많이 해보지 않았던 생각을 해보게 했기 때문이기도 할 것이다. 이를테면 소가 신의 하나로 신성시되는 곳이 인도라는 얘기는 익히 들어 알고 있었지만, 막상 사람보다 더 귀한 대접을 받는 소를 보노라니 느낌이 참 희한했었다. 그런데 그런 귀한 소가 자신의 젖을 길거리의 개에게 기꺼이 물려주는 걸 보고서는 생각이 더 많아졌었다. 부자가 된다거나 유명한 사람이 된다거나 하는 쉽게 가져왔던 소망에 대해서도 달리 생각해 보는 계기가 됐던 곳이 바라나시였다.

'그렇게 많이 갖는다는 건 무엇일까?'에 대해서도 그곳 바라나시에서 제법 진지하게 해보게 됐다. 평소 같으면 하지 않았을 그런 사색을 하게 만드는 게 인도의 매력이기도 하겠지 싶다.

어찌 됐든 혼잡해도 너무 혼잡한 거리에서의 공연을 통해서 나는 그들에게, 바라나시 사람들은 나와 은경에게 좋은 카르마를 함께 만들어 우주로 날려보냈다는 생각을 해 보았다. 눈빛이 너무나도 밝았던 그 사람들을 환하게 웃게 해줬고 또 바라나시 사람들은 나와 은경에게 두고두고 떠오를 추억을 만들어 주었으니까. 그곳 '무언가 있는 땅', 바라나시에서 만난 모든 사람들, 특히나 구걸해서 얻은 동전 몇 닢을 기꺼이 내 모자에 넣으며 환하게 웃어주던 헤나 소녀에게도 어느 신이든 그분의 이름으로 넘치는 축복이 함께 하길⋯.

이렇듯 유능한 가이드가 친절하고 일사불란하게 인솔하는 관광에서는 도저히 느껴보지 못할 그런 세상과 순간이 분명히 있다. 우리가 직접 찾아가지 않고서는 알 수 없는 그런 것들이⋯. 그래서 "돈이 없어요. 혹은 너무 바빠서 시간이 나질 않아서요"라고 말하는 사람들에게 이렇게 말해주고 싶다. 무조건 떠나라, 떠나지 말아야 할 이유가 더 많아지기 전에. 혹시 아나? 당신도 영혼의 동반자를 찾을지.

무조건 떠나라, 떠나지 말아야 할
이유가 더 많아지기 전에

'인생은 길이 아니라 계단이다!'

2011년의 어느 수첩에 이렇게 적혀 있다. 돈을 모으지도 못했고 그렇다고 영어가 늘거나 마술 실력이 확 나아지지도 않았던 시절, 마음먹은 대로 되지 않는다는 것이 유달리 시리던 날들. 사람과 사람 사이의 관계에 대해 많은 생각을 하던 무렵이었다.

삶을 살아간다는 것을 종종 먼 길을 걷는 것에 비유하지만, 실제로 우리가 걷는 것은 그냥 먼 길이 아니라 정상에 오르기 위해서 한 칸 한 칸 걸어야 하는 끝도 없는 계단이 아닐까 하고 말이다. 《1만 시간의 법칙》이라는 책에서는 어떤 분야에서 전문가가 되려면 1만 시간을 전적으로 투자하고 쏟아부어야 한다는 걸 읽은 적이 있다. 다른 분야는 뭐라 뭐라 알은체 하기가 힘들겠지만 적어도 마술에 관해서는 1만 시간의 법칙에 대해서 말할 수 있다. 다시 말해 "일단 1만 시간을 투자하세요"가 아니라 한 가지 마술에 대해서 연구하고 연습하는 과정에 대해서 얘기하고 싶다.

머리로 이해하는 것도 쉬운 일은 아니지만 그걸 사람들 앞에서 공연할 수 있을 정도로 숙달하기 위해서는 눈을 감고 저절로 그것이 될 정도로 지독하게 연습해야 한다는 것이다. 그렇게 앞뒤 잴 것도 없이 무작정 열심히 연습하고 또 하고를 반복하다 보면 불현듯 어느 순간엔가 갑자기 그런 상태에 도달하게 된다. 그게 비록 책에서 말하는 '1만 시간'이 아닐지는 모르지만.

무얼 하든 조금씩 조금씩 발전하는 게 아니라 실제로는 나아지는 기미가 없어서 답답하기만 하지만 그냥 우직하게 열심히 반복해야 하는 과정이 있고, 그 단계를 거치다 보면 어느 순간엔가 전혀 다른 경지에 이르게 되면서 발전하게 된다는 얘기를 하고 싶었다.

전에 아는 분에게 들은 얘기인데, 아이폰을 세상에 선보인 애플의 고敌 스티브 잡스가 아이폰3GS를 처음 선보이던 전설적인 프레젠테이션에 사람들이 잘 모르는 비밀이 숨겨져 있다고 한다. 아이폰 1대로 할 수 있는 다양한 기능을 설명할 때마다 사실은 여러 대의 아이폰이 발표 대에 숨겨져 있어서 잡스가 발표하는 기능의 화면을 미리 띄워놓고 있었다는 거였다. 그분은 "그 프레젠테이션은 거의 마술처럼 느껴졌겠지요"라고 하였는데, 나도 고개를 끄덕였던 게 완벽한 준비라는 것이 사실은 현실적으로는 불가능에 가깝기 때문이다.

길거리에서 공연을 하는 버스커들의 경우에는 특히나 그런데 환경이 정확하게 통제가 되는 장소에서 공연하다 보니 전혀 예상치 못한 상황이 언제든지 일어날 수 있다. 이를테면 "두 유 라이크 매직?" 하고 외쳤을 때, 뜬금없이 술에 취한 관객이 혼자서 흥에 겨워서 공연장으로 난입하는 일도 있었다. 참 난감한 상황인데 그렇다고 그걸 티를 낼 수도 없는 노릇이라서 곤욕이기는 하다. 그뿐인가. 관객들과 재미있는 대화를 이어가고 있는데 갑자기 삐쳐서 그냥 가버리는 사람한테 정말로 티 나게 당황했던 기억도 있다. 이처럼 생각할 수 있는 것보다 더 많은 예상치 못한 일들이 일어날 수 있는 게 버스킹 공연의 단점이자 장점이기도 하다. 거꾸로 그게 버스킹 만의 매력이기도 하지만.

결국 현실적으로는 완벽한 준비라는 게 힘들기 때문에 역설적으로 준비에 최선 이상을 다해야 한다. 눈을 감고도 마술의 동작을 자연스럽게 할 수 있을 정도로 준비해야 한다는 거다. 그 정도쯤 되어야 전혀 예상하지 못했던 상황이 일어나도 전혀 눈치채지 못하게 자연스럽게 대처할 수 있는 여유가 생긴다.

내 공연을 여러 번 본 사람들이 "그것도 원래 계획에 있던 마술이에요?"라고 물어보기도 한다. 그에 대한 내 마음은 이렇다. '공연 중에 취객이 들어오는 걸 어떻게 미리 알 수가 있었겠어. 속으로는 울고 싶었다니까. 그냥 당황하지 않은 척하는 거지' 그래서일까? '좋았어. 자연스러웠어'라는 인터넷 짤을 볼 때마다 그 심정 잘 안다는 혼잣말을 하곤 한다.

아이폰과 잡스에 대해 알려줬던 그분이 해주었던 말 중에 인상적인 게 또 있다. '프레젠테이션의 신'이라고도 불린다는 고故 스티브 잡스가 해마다 새로운 애플 제품에 대해 발표할 때 그걸 도와주기 위한 전담 팀만 열 명이 넘게 있다는 것이었다. 그렇게 대단한 사람도 한 시간 정도 되는 프레젠테이션을 위해서 전문가들로 팀을 꾸려서 한 달 넘게 그것만 준비하고 연습을 반복한다고 하는데, 평범한 사람들은 그보다 더 노력해야 하지 않을까?

그만큼 내가 확신할 수 있는 사실은 그렇게 어떤 한 가지를 익히기 위해서 죽으라고 노력하다 보면 어느 순간 '내가 어떻게 이렇게 하지?'라고 스스로 놀랄 정도로 훌쩍 달라져 있는 나 자신을 발견하게 된다는 것이다. 또 그렇게 노력의 놀라운 결과를 맛보는 경험을 하게 되면, 다음번에 또 그런 노력의 과정이 필요하게 될 때에는 훨씬 수월하게 그런 단계에 도달할 수 있게 된다는 거다.

이 얘기를 후배에게 했더니 "그렇죠. 고기도 구워본 사람이 잘 굽는다니까요"라고 대꾸하길래, '그런 얘기가 아니잖아'라고 하려고 했는데 생각해 보니 비슷한 맥락이기는 해서 "어, 그렇지"라고 얼버무렸던 것이 문득 떠오른다.

'지금 하고 있는 일에서 도저히 답이 보이지 않는 막막한 마음인 사람들이 한둘이 아니겠지'라고 생각하니 참 마음이 안타깝고 답답하다. 입에 발린 소리를 하고 싶은 마음은 없고, 그렇다고 막연하고 뻔한 소리를 하는 것도 내키지 않지만 "있는 힘을 다해 하다 보면 생각보다 일찍 훌쩍 좋아질 거예요"라고는 말해줄 수 있다. 그런 마법 같은 순간을 다들 맛보시길 진심으로 바란다. 그래야 그다음번에는 조금 더 쉽게 해낼 수 있을 테니까.

얼마나 새로워야
찐짜 새로운 걸까?

버스커와 관객으로 만났던 은경은 내 공연에 있어서 너무나 열성적이고 유능한 PD였다. 지금 그녀는 나의 아내가 되었고 지금도 공연에 대한 이야기를 많이 나누곤 한다. 어느 날부터인가 은경의 카메라가 내가 아닌 관객들을 향하는 일이 많아졌다는 걸 알게 됐다. 당연히 무슨 이유가 있겠거니 하다가 하루는 그 얘기를 하게 되었다.

은경이 해준 얘기에 생각이 많아졌다. 우리가 하는 마술이나 공연이 그것을 보고 있는 사람들이 있는 공간을 즐거움과 기쁨으로 채우는 것은 분명하다. 근데 '그 즐거움을 내가 창조하는 건 아니지 않을까?' 하고 문득 의문이 들었다. 은경은 '공연을 너무나 즐겁게 보고, 열정적으로 호응해 주는 사람들의 에너지 때문에 공연이 잘되고 있다'는 느낌을 받게 되었다고 했다. 생각해 보면 사람과 사람 사이에는 눈빛만으로도 행복을 교감할 수 있는 그 무언가가 있다. '아이 씨 유I See You.'

그것을 감정의 커뮤니케이션이라고 하건, 에너지와 파동의 교환이라고 하건 그걸 과학적으로 해석해 낼 재주가 내게는 없다. 하지만 닭이 먼저인지 아니면 달걀이 먼저인지가 오래도록 사람들 사이에서 대화의 끊임없는 소재가 되고 있다고 하는 것처럼, 마술사가 관객들에게 즐거움을 주는 것인지 아니면 자신들의 작은 호기심을 마술사에게로 전달한 관객들로부터 큰 즐거움의 씨앗이 싹을 틔우는지는 명확하지 않다. 하지만 어찌 됐든 마술사에게서 관객으로 그리고 관객들에게서 마술사로 다시 오가는 어떤 것들이 있는 것만큼은 분명하다.

은경은 그걸 카메라에 담고 싶었다고 한다. '참, 지혜로운 사람을 만났구나' 하는 감사한 마음이 새록새록 든다. 은경은 관객 속에 있으면서 그들이 했던 나에 관한 평가를 들려주었다. "진짜 잘 웃기는 한국인이야"라는 그들의 이야기를 말이다.

몇 년이 지나도 항상 나누게 되는 화두 중 하나가 '이번에는 어떤 마술을 할까?'라는 것이다. 이를테면 마술 아이템Item

에 관한 고민인데, 이건 결국 내가 계속 마술사로 살아남을 수 있는가에 대한 중요한 문제이기도 하다.

하루는 운영하고 있는 '웃음공장과 무료 봉사 공연을 어떻게 계속 이어가고 많은 사람들이 참여하는 플랫폼으로 만들 수 있을까?'를 궁리하고 있는데, 그 얘기를 들은 아는 형님이 '사회적 기업Social Company'으로 만들어 보라는 조언을 주셨었다. 시간 날 때마다 친한 친구와 함께 둘이서 사비를 털어 곳곳의 양로원과 고아원 등을 찾아다니면서 공연한다는 얘기를 들은 이 형님은 '지속가능성Sustainability'이 내가 풀어야 할 숙제라고 설명해 주셨다.

어떤 일을 계속해서 할 수 있게 되려면 무엇이 필요하고, 그것을 어떤 방법으로 체계화해야 하는지에 대한 고민이라는 거였다. 그 지속가능성이라는 말을 아주 정확하게 이해하지는 못했겠지만, 어떤 것을 말하는 것인지에 대해서는 충분히 알게 되었고 나도 공감하게 됐다. 그래서 요즘은 내 사업체이기도 한 웃음공장을 사회적 기업과 같은 방법을 통해서 지속가능성을 확보할 수 있는지에 대해서 연구하고 있는 중이다.

그렇게 중요한 지속가능성이라는 건 마술사인 나에게 있어서 결국 '어떤 마술을 할까?'라는 주제이기도 하다. 그곳으로 다시 돌아와 본다면 은경은 "지금 하고 있는 마술 중에서 한 번에 하나씩만 새로운 걸로 바꾸면 나중에는 전부 새로운 마술로 채워지지 않을까?"라는 말을 해줬다. 생각해 보면 그게 제일 현실적이고 맞는 말이구나 싶었다. 그래 맞다!

그렇다면 '새롭다'는 건 과연 몇 퍼센트를 말하는 걸까? 무언가 새로워지고, 현재를 바꾸고 싶어 하는 사람들에게 이렇게 질문하고 싶다. '새롭다'라는 건 과연 몇 퍼센트가 새로울 때 가능한 걸까? 모든 것을 전부 바꾸면, 즉 100퍼센트를 바꾸면 분명 그건 전적으로 새로운 게 맞겠지만 60퍼센트가 바뀌면 새롭지 않은 것일까? 아니면 10퍼센트만 바뀌어도 새로운 것이 될 수는 없는 걸까? 새로운 것과 익숙한 것들을 적절히 배분하는 것을 지속하다 보면 어느 순간엔가는 전과는 전혀 다른 것들로만 내가 채워져 있지 않을까?

당신은 마술사의 책에 어떤 것들이 들어 있을 것이라고 예상하였는가? 혹시 할 줄 아는 마술이 있는가? 아니면 마술 공연을 직접 보신 적이 있는가? 마술을 직접 배워볼 생각을 당신은 해본 적이 있는가?

흠… 어째 '듣기에 좀 그렇네' 싶었는가? '당신'이라는 표현이 문법적으로 극존칭이라는 것은 머리로 알고는 있지만 귀로 듣기에는 뭔가 마뜩잖다 싶을 지도 모르겠다. 그래서 약속을 하나 했으면 한다. 내 이야기를 편하게 쓰고, 읽는 분들도 편하게 읽었으면 한다. 이는 일종의 약속이다. 이 책에서만큼은 그렇게 하자는.

한 번은 이런 질문을 받은 적이 있다. "마술사란 어떤 사람이에요?"

이 질문에 뭐라고 대답했을까?

"왜?"라고 말했다.

그 사람이 뭐라고 했을까?

"아, 뭔 소리에요?"라고 했다.

마술사란 그런 사람이다. '왜?'라고 생각하는 사람.

어떤 관객이 재미있게 손뼉을 치면서 공연을 다 보고 나더니 이렇게 물어보셨다. "다른 마술사들은 아무 말도 하지 않고 공연을 하던데, 왜 마술사님은 말을 그렇게 많이 해요?"

"어 … 왜 말하면 안 될까요?"

한번 궁리해 보자. 마술사가 무대에서 아무 말도 하지 않는 건 의무일까? 선택일까? 그렇다. 선택의 문제다. 그냥 말 안하고 공연하는 분들이 많지만 그건 그분들의 선택이고, 나는 다른 선택을 했을 뿐인 거다.

그냥 나는 관객들과 말을 주고받는 게 좋다. 그렇게 하는 게 관객들이 공연에 더 잘 몰입하게 되기도 하고, 그게 더 성공적으로 공연을 이끌기 때문이다.

이 책을 쓰려고 결심하게 된 이유는 행복해지고 싶어서다. 마술을 하는 것처럼. "그러면 안 돼요"라고 말하는 사람은 없겠지? 마술사는 그런 사람이 아닐까? '왜?'라고 생각하는 사람. 다들 당연하다고 여기지만 아무도 누가 시켜서 그렇게 생각하지도 않는 그런 많은 일들에 대해서 '왜?'라고 여기는 사람. 약간 고개가 갸웃거리게 되는가? 그럼 더 얘기를 해볼까? 렛츠 고~.

오라는 데는 없어도, 아무 데나 갈 수는 없다

거리에서 공연을 하기 위해서는 내 목소리만으로는 힘이 들어 앰프를 알아보고 있었다. 소리가 원하는 수준이 되면 너무 비싸거나 가격이나 성능이 괜찮으면 너무 덩치가 크거나 해서 마땅한 앰프를 찾기가 힘들어 '하나 장만해야지'라는 계획은 마냥 늦어지고 있었지만, 이리저리 알아보다 다행히도 그래도 여러 가지 조건에 맞는 앰프를 찾게 되어 구매하려고 했더니 원하는 날짜에 배달을 받으려면 돈을 더 내라고 했다.

'흠 … 그게 맞는 요구일까?' 싶기는 했지만 어차피 필요한 것이었으니까 더 내라는 돈을 내고서 구매했다.

하지만 앰프를 꼭 써야 하는 공연이 코앞으로 다가왔는데에도 판매자는 아무 소식이 없었다. 초조한 마음에 인터넷으로 위치 추적을 하면서 앰프가 어디쯤 왔는지를 점검하고 있었는데 당초 택배 도착일이 됐는데도 아예 위치 추적조차 안 되는 것이었다. 화가 머리끝까지 나서 항의 겸 문의 전화를 걸었는데 … 전화도 받지 않는 거였다.

그래도 어쩌랴, 공연은 계속되어야 했다. 결국 그렇게 기다렸던 앰프는 공연이 끝나고서야 받을 수 있었다. 원래 세상 사는 일이 뜻대로만 되지는 않는 법이니까. 버스킹이 꼭 그렇다. 길거리에서 오가는 사람들을 대상으로 공연하는 걸 '버스킹'이라고 하는데, 우리나라에서는 내가 처음으로 버스킹 마술을 한 사람이라 가끔씩 마술을 하고 있는 후배들이나 아니면 공연을 보던 관객 중에서 버스킹에 대해서 물어보는 사람들이 있다.

"어떻게 하면 사람들을 많이 모을 수 있어요?"라는 아주 현실적인 질문부터, "왜 돈을 받아야 하는 거죠?"라는 다분히 심오한 질문도 있다. 그것에 대한 얘기를 좀 해 보자.

'어떻게 하면 관객들을 많이 모을 수 있을까?'라는 질문에 대해서라면 많은 경험을 통해서 갖게 된 내 생각은 이렇다. 사람이 많은 곳으로 가라. 오가는 사람이 없으면 제아무리 좋은 공연을 한다고 해도 누가 보러 오질 않는다. 하지만 이렇게 얘길 하면 '누가 그런 소릴 못 하느냐?'고 할 게 뻔하다.

차라리 '공연을 잘해서 사람들을 끌어모으는 게 더 낫다'라고 하겠지?

하지만 현실은 그렇지 않다. 공연장에 찾아온 사람들과 버스킹은 기본 전제조건부터 확연히 다르기 때문이다. 이미 공연을 보겠다는 다짐을 하고 찾아오는 사람들을 대상으로 하는 공연과 아무런 관심도 없고 심지어는 공연을 하는지 아닌지도 전혀 모르는 제 갈 길 가기 바쁜 사람들을 끌어모아서 해야 할 때는 난이도가 엄청나게 차이가 날수밖에 없다. 그러므로 '일단은' 무조건 사람이 많은 곳으로 가는 게 가장 좋은 방법이다.

'어떻게 하면 버스킹을 잘할 수 있을까? 사람들을 더 많이 모을 수 있을까?'를 고민하는 사람들에게 더해주고 싶은 건 TPO Time, Placement, Occasion를 생각해 보라는 거다. 시간과 장소와 경우. 이를테면 같은 장소라도 토요일 오전과 오후의 사람이 같지 않고, 일요일과 수요일이 다르다. 너무나 당연한 얘기 같지만 실제로 버스킹을 처음 하는 아티스트들이나 어느 정도 거리공연 경험이 있는 사람들이라고 하더라도 착각하고 있는 경우를 많이 봤다.

관객들에게 좋은 공연을 보여주는 것은 분명 내가 맞지만 그 공연을 보는 사람들은 관객들이기 때문이다. 그러니까 홀

룡한 공연, 호응이 많았던 좋은 공연을 하기 위해서는 우선적으로 관객들의 시선에서 내 공연을 바라볼 필요가 있다. '대학교 근처의 번화가에서 공연하는데 청소년 대상의 공연을 한다면 그걸 볼 사람이 얼마나 있겠으며, 그 공연을 보면서 호응해 줄 사람이 얼마나 있을까?'를 고민해 보면 '그렇구나' 하고 수긍이 될 것 같다.

날짜와 요일 같은 시간과 어떤 장소에서 공연을 하느냐, 대학가인지, 유원지인지 아니면 오피스가인지, 피서지인지에 따라서 공연은 약간씩 달라질 수밖에 없다는 사실을 염두에 두고 있으면 좋은 공연을 준비해 놓고서도 보는 사람이 없어서 좌절하는 불상사는 어느 정도는 막을 수 있다. 이런 얘기를 예전, 어느 술자리에서 했더니 나이 지긋하신 어르신이 이렇게 말씀을 해주셨더랬다. "풍수의 원리가 꼭 그런 거라네." '풍수'라는 단어가 원래 장풍득수藏風得水의 줄임말인데, 장풍은 '바람을 감추다'라는 뜻이고 '득수'는 물을 쉽게 얻을 수 있는 곳이라는 의미라는 것이었다.

그러니까 사람이 사는 집터를 잡을 때에 바람이 거세게 부는 자리나 반대로 바람이 거의 불지 않는 곳에 자리를 잡으면 좋지 않더라는 경험이 쌓여서 '바람을 감춘다'라는 말이 생겼다는 거였는데, 듣고 보니 맞는 말인 것이 공연을 할 때 바람이 많이 불면 관객을 모으는 것도 힘들었고 그 와중에 준비한 테이블이 넘어가서 비둘기가 날아간 적도 있었다. '오 마이 갓!' '물을 구하기 쉬운 곳'이라는 것도 같은 맥락에서 이해가 됐다. 사람이 살면서 반드시 필요한 게 물이니까 물을 구하기 쉬운 곳에 집터를 잡는 게 좋은 법일 테니까.

버스킹을 할 때에도 TPO나 풍수의 기본적인 원리가 통한다는 걸 그분의 얘기로 알게 됐었다. 후배 버스커들에게 해주고 싶은 얘기도 마찬가지다. 내 공연을 보는 관객의 시선으로 바라보면 고민이 줄어들 것이다. 내가 유명한 사람이어서 '제발 여기 와서 공연해 주세요'라고 부탁받는 상황이 아니라고 하더라도 아무 데서나 공연을 할 수는 없으니까.

버스커들이 공연을 잘하기 위해서는 사람들이 많은 곳으로 가는 것도 방법이지만 그 반대의 경우도 있다. 공연이 잘 돼서 관객들의 호응이 유난히 좋은 날이 있게 마련인데, 공연 장소 근처에 있는 가게 같은 데서 '여기서 공연해 줄 수 있느냐?'라는 제안을 받기도 한다. '많은 사람들이 한동안 모여 있는 것을 보면 도움이 되겠는데?'라는 생각이 번쩍하고 드는 모양이겠지?

호주에서 공연을 시작한 지 얼마 되지 않았을 때의 일이다.

호주의 동쪽 끝에 '바론 베이Byron Bay'라는 작은 만이 하나 있다. 당시 같이 집을 공유해서 살고 있던 식구들과 함께 바이론 베이로 여행을 떠났었다. 공연을 하기 위해 간 것은 아니었지만 놀러 온 사람들이 모여 있는 걸 보니 직업정신이 발동해서 사람들 앞에 나가 바닥 돌멩이까지 써가며 마술 공연을 했었다. 그날따라 유난히 호응이 좋았는데 사람들이 얼마나 좋아하던지 진짜 순수하게 마술만 좋아하던 젊은 나였을 때여서인지, 관객들의 좋아하는 모습을 보면서 내가 더 좋아 미칠 것처럼 마술을 열심히 했었다.

버스커가 자기 자신을 놓아버릴 정도로 공연에 빠져들면 관객들도 그 열정에 푹 빠지게 되고, 그게 다시 공연자에게로 돌아가면서 공연장의 분위기는 아주 뜨겁게 달아오르는 놀라운 분위기가 무르익는다. 아마도 그 맛에 버스킹을 계속하는 것이겠지?

그래서 버스커들이 사람들의 환호를 먹고산다고 하는 것일 수도 있겠지만 간혹 거리에서 공연을 하며 먹고산다고 해서 누군가에게 "당신의 인생은 너무나 무계획한 것이 아닌가요?"라고 비딱한 질문을 받는 경우도 있다. 왜냐하면 버스킹은 워낙 돌발적인 상황이 많이 일어나기 때문이고 게다가 고정적인 수입이 있는 것도 아니며 날씨가 너무 더워도, 비가

쏟아져도, 눈이 펑펑 내리면 공연을 못 하게 되기 때문에 그런 질문인지 힐난인지 헷갈리는 그런 가시 돋친 얘기를 들을 수 있다.

나도 한동안 그런 얘기를 여러 번 들어본 적이 있기는 하다. 질문한 사람에게 이렇게 되묻곤 했다. "평균적으로 살면 예측대로 되시던가요?"라고. 어차피 인생은 정도의 차이일 뿐 예측대로 흘러가지 않는다. 흔히 말하는 '어바웃'이라는 어떤 범위 내에서 각자 살아가는 것 아닐까? 45세가 회사의 정년이고, 56세까지 회사를 다니면 도둑놈이라고 해서 나온 '사오정, 오륙도'라는 말도 이미 예전 얘기인데 마흔다섯에 회사를 그만두면 절반이나 남은 인생을 어떻게 미리 예측대로만 살 수 있을까? 인간이 계획을 세우면 신을 웃긴다고 하지 않는가?

'공연을 하면서 왜 돈을 받는 건가요?'라는 질문에도 이게 어느 정도는 답이 되지 않을까 싶다. 어딘가에 소속이 돼서 일정한 일을 하고 그 대가로 월급을 받는 것처럼, 공연을 하고 내가 드린 즐거움에 대한 대가를 불특정 다수의 사람에게서 평균적이지 않게 받는 것뿐이니까.

가끔 자녀들과 마술을 보시는 어머니나 아버님께 "그린 페이퍼, 플리즈"라고 웃으면서 말하면 깔깔 웃으시면서 만 원짜리 지폐를 모자에 넣어주시곤 한다. 그게 잘못된 걸까? 아니면 이상한 걸까? 그냥 일반적이지 않은 것뿐인 거 아닐까?

분명한 건, 재미없는 공연에는 천 원짜리 한 장, 동전 한 개도 주는 관객이 없다는 사실이다. 나 같은 버스커들이 더 삶을 치열하고 열심히 사는 게 아닐까? 설렁설렁하면 생활이 당장 어려워질 수 있으니 훨씬 열심히 살아야 하니까 말이다. 참, 바론 베이에서 했던 즉석 공연이 얼마나 재미있었던지 손뼉 치고 열심히 환호해 주던 관객 중에 있던 어떤 호주 아주머니가 갑자기 이런 얘기를 하는 것이었다. "우리 가게 앞에서 공연을 해줄 수 있나요?"라고. 식사를 대접하겠다 길래 또 신이 나서 "물론이지요Of Course~"라고 하고는 아주머니의 가게 앞에서 신나게 마술을 했다. 덕분에 아주머니도 너무 좋아하셔서 제일 비싼 걸 먹으라고 하셨지만 우리는 그냥 제일 싼 음식으로 두어 가지를 먹었다.

혹시 호주에 가시는 분들 중에서 골드 코스트Gold Coast에 갈 계획이 있으시다면 거기서 1시간 조금 넘는 거리에 있는 바론 베이에 가보시는 걸 권해드린다. 등대가 유명하고 너무나 아름다운 바다와 해변이 좋은 곳이니까. 그곳에서 사진을 찍어서 나에게 보내보기 바란다kkjasked@naver.com. 혹시 또 아는가,

마술 같은 선물을 받게 되실지.

여전히 나는 그 오고 가는
'사이'에 혼자 있다

사람들이 거리를 지난다. 그리고 그 '사이'에 내가 있다. 수많은 오고 감이 있지만 아무 일도 일어나지 않는 그저 단순한 오고 감이다. 일상을 지나는 사람들, 그들 사이에 내가 선다. 퍽이나 오래되 낡아 보이기까지 한 트렁크를 땅에 내려놓고 주섬주섬 도구들을 꺼내면 오고 가는 사람 중 드물게 한두 명이 관심을 흘끔 주고는 다시 제 갈 길을 간다.

여전히 나는 그 오고 가는 사이에 혼자 있다. 공연을 시작한다. 뭐야 하는 호기심 어린 눈빛이 오거나 마냥 건조하던 오고 감 중에 활기가 조금씩 생기는 기미가 보인다. 등을 보이고 앉아 있거나, 근처에 앉아있던 이들이 나를 향해 몸을 돌리며 목을 빼고 이리 기웃, 저리 기웃하며 건조하고 단지 아무런 관련 없는 조각 같은 개인들이 내 몸짓에, 손짓에 일정한 방향을 갖는다.

거리에서 노래하거나 나처럼 공연하는 사람들만 느낄 수 있는 감정이다. 서로 엇갈리던 사람들의 시선이 나를 중심으로 모여드는 짜릿하고 설레는 느낌이다. 오고 가던 사이 속에 드디어 나의 자리가 생기는 것이다. 마술을 보여주고 공연하며 사람들을 기쁘게 해줄 수 있는 시간. 그 사이에 내가 있다. 사람들과 사람들 사이에 버스커 김광중이 있고, 제갈 길을 오고 가는 사람들의 삶 속에 짧은 얼마의 즐거운 순간이 심어진다. 지루함과 즐거움 사이에 내가 있다. 홀로 외따로 떨어져 있어 비슷한 지루함으로 서 있는 가로등 같은 사람들을 마술이라는 즐거움의 순간으로 잠시나마 하나로 묶어주는 그 사이의 시간 속에 내가 서 있다.

거리에서 주섬주섬 공연 준비를 하는 나. 며칠 전 봤던 미녀가 이곳을 또 지나가지 않을까 생각하는 나. 귀찮았던 취객이 돈을 내는 순간 친구가 되는 나. 그것이 공연의 매력이다. 100퍼센트 완벽하게 준비하고 공연을 나갔다고 여겨지는 날조차도 별의별 일이 다 일어나는 게 거리의 공연이다. 그게 어떨 때에는 속상하기도 하지만 어쩔 수 없다고 여긴다. 인생이 원래 그런 거니까.

준비가 덜 됐어도 무언가를 해야 할 때도 있고, 자신감이 충만한 상태에서도 아무것도 할 수 없이 돌아서야 할 때도 있다. 화를 낸다고, 소리를 지른다고 달라지는 건 없다. 그냥 그렇게 말없이 받아들여야 하는 순간이 있다. 나만 그럴까? 그런걸까? 괜찮다, 그게 인생이니까.

찝중업무를 위한
다양한 고민의 맥락

'완벽한 준비라는 건 있을 수 없다'고 생각한다. 일종의 수긍이고 체념이라면 그런 것일 수도 있겠지만. 대신 준비하는 시간에는 정말로 온 힘을 다한다. 할 수 있는 것 이상으로! 그걸 회사 다니는 친구가 '집중 근로제'가 그런 거야라고 알은체를 한다. "아, 그래?" 말이 나온 김에 아침 9시까지 출근해서 6시까지 근무를 하지만 이 시간 동안 일에 집중할 수 있는 시간은 얼마나 될까?

그래서 얼마나 오래 앉아서 일을 하느냐보다 얼마나 효율을 높여 성과를 달성할 수 있느냐에 초점이 바뀌고 있다고 한다. 미국의 어떤 병원은 하루에 얼마 동안 조끼를 입을 수 있는데 그동안에는 누구도 그 사람에게 말을 걸지도, 톡을 하지도, 지시를 하지도 않도록 약속한다. 방해받지 않고 자신의 일에 집중할 수 있도록 말이다. 이는 효과가 꽤나 높다고 한다.

얼마 전 TV에서 회사의 근무시간에 대한 기성세대와 MZ 세대의 차이에 대한 방송을 잠깐 본 적이 있다. 기성세대는 근무 시간이 9시부터 이면 5분이나 10분 정도 미리 와서 9시 정각부터 근무해야 한다고 주장했지만, MZ 세대로 출연했던 사람은 "9시까지 도착하기만 하면 된다"라고 말했다.

진지하게 처음부터 끝까지 양쪽의 의견을 제대로 본 것이 아니라서 둘 중 어느 쪽의 의견에 찬성하는 것이 적합하지는 않겠지만 내 생각은 약간 다르다. '몇 시부터 몇 시까지 일을 하는 게 맞느냐?'라는 질문보다 '몇 시간을 제대로 일할 수 있는지에 대해서 더 집중해야 하지 않을까?'라고 여긴다. 이를테면 아침 9시에 출근했다고 해서 곧장 업무에 몰입하지는 않을 것이다. 중요하게 여기는 건 몇 시간인가보다는 얼마나 집중할 수 있는가에 있다. 이를테면 아침 9시까지 출근해서 5시까지 근무하지만 이 시간 동안 일에 집중할 수 있는 시간은 얼마나 될까?

뜬금없어 보이는 '디스턴싱'이라는 단어를 말하는 것도 그런 맥락에서다. 디스턴싱이 그런 역할을 한다. 다른 사람들과의 관계에서 잠시 벗어나 오로지 나만을 위해서 생각하거나, 공부하거나, 무언가 연습하거나 하는 그런 시간.

우리가 진정 성장하는 시간은 바로 이 디스턴싱이기 때문이다. 오늘 하루에만도 카톡 메시지를 확인하려고 얼마나 자주 스마트폰 화면을 들여다보고 있을까? 얼마나 중요한 메시지가 오기에? 인스타그램 피드를 얼마나 많이 확인하는지? 그게 모두 얼마나 중요하기에 우리 시간을 이렇게 잡아먹어도 아무 상관도 하지 않고 있을까?

진정으로 혼자 설 수 있는 사람이 되려면 나를 키우고, 배우며, 성숙해지는 시간이 필요하다. 어느 공연에서인가 관객들에게 "요즘 뭐가 제일 고민이에요?"라고 물어봤더니 대학 신입생이라는 남학생이 "혼밥이요"라고 말하는 것이다. 혼밥이라… '혼자 밥 먹는 게 고민일 정도로 요즘 친구들이 걱정거리가 많구나' 하는 생각을 새삼 해보게 됐다. 내가 무슨 심리 상담사나 유명한 정신과 의사도 아닌데 이렇게 해라 저렇게 해라 하는 건 적절치 않겠지만 질문을 받았으니 맞든 틀리든 답을 하는 게 도리가 아닐까 싶다. 그날 공연에서 그 친구에게 뭐라고 답을 해주었는지는 정확하게 기억나질 않지만 그 이후로 가끔씩 혼밥에 대해 생각하곤 했었다.

곰곰이 생각해 보면 밥을 먹을 때 혼자 먹든 여럿이서 같이 어울려 먹든 그건 아무 상관 없는 일이다. 젓가락질 잘못한다고 손가락을 때릴 사람이 있을 것도 아닐 것이다. 혼자 밥 먹는 게 두려운 게 아니라 누구와도 잘 어울리지 못한다는 두려움 때문이 아닐까 싶다. 타인들과의 '관계'라는 것에 압도당해 있는 상태에서 같이 밥을 먹으면 그게 입으로 들어가는지 귀로 들어가는지 정신이나 제대로 있을 리 없을 테니까. 그럴 때는 차라리 억지로 사람들과 함께 밥을 먹으려고 애쓰지 않는 게 더 낫지 않을까? 밥 먹는 게 무슨 대수라고 그걸 잔뜩 신경 써가면서 다른 사람들과 밥을 먹다가 괜히 긴장해서 실수라도 하면 마음에 더 상처를 입고 더 위축되지 않을까?

자연에서 곰이나 사자 같은 맹수를 만나게 되더라도 절대 등을 보여서는 안 된다고 한다. 등을 보인다는 것은 공격해도 된다는 신호로 받아들여지기 때문이란다. 혼자 밥 먹으면 좋지 않다고 해서 내키지도 않는데, 사람들과 어울려 밥을 먹으려고 애를 쓰기보다는 마음 편하게 혼자 밥을 먹는 게 좋겠다. 그걸 고민하지 말고 그 시간에 차라리 운동이라도 하면서 몸을 건강하게 하는 게 좋지 않을까? 혼밥이 걱정인 사람들에게 별 도움이 되지는 않겠지만 혼자 밥 먹는 게 사실 제일 속 편하긴 하다. 유튜브 보면서 밥을 먹어도 되고 반찬통에 젓가락질도 마음대로 하고.

나훈아 노래, 〈자네〉의 가사

사랑이 떠나거든 그냥 두시게

마음이 떠나면 몸도 가야 하네

누가 울거든 그냥 두시게

실컷 울고 나면 후련해질 거야

아, 살다가보면 하나씩 잊히다가

아, 살다가보면 까맣게 잊어버리지

지나간 사랑은 지워버리게

그래야 또 다른 사랑을 만나지

자네는 아직도 이별이 아픈가

망각은 신이 주신 최고의 선물이지

사랑을 묻거들랑 말해주시게

후회하더라도 한번 해보라고

이별을 묻거들랑 거짓말하시게

아프긴 하여도 참을 만하다고

아, 살다가보면 세상을 원망도 하고

아, 살다가보면 세상을 고마워하지

지나간 상처는 잊어버리게

그래야 또 다른 행복을 맛보지

tip!

쉼 하나, 삶을 조금씩 바꿔줄 인생 마술 하나

잘 알지 못하는 노No는 노!

충분히 경험해 보고 나서 하는 노 보다 경험은 해보지 않았지만 왠지 노일 것 같은 노가 훨씬 많다. 누군가 당신의 계획이나 의견에 "노!"라고 말하면 이렇게 물어볼 필요가 있다. "경험해 보신 건가요?"라고. 마음 써주는 것은 감사히 받되 결정은 당신이 해도 된다.

'이것이 좋으냐 나쁘냐?'라는 질문에 대해 현실적으로 가장 좋은 대답은 '나쁘다'라는 것이다. '좋다'라고 답했을 경우 그 선택의 결과가 다행히 좋은 쪽이면 상관없지만 나쁜 쪽이 된다면 마음이 가벼울 리 없다. 그래서 이런 종류의 질문에 대해서 조언을 구한 상대방의 대답이 좋은 선택이 아니라고 해도 크게 낙담하거나 할 필요는 없다는 거다.

결국 선택은 당신이 아는 것이고 그 선택의 결과도 당신의 몫이니까. 좋다고 혹은 나쁘다고 말했든 결국 조언자는 당사자가 아니지 않은가? 선택은 당신이 하는 것이다. 왜? 당신 인생이니까.

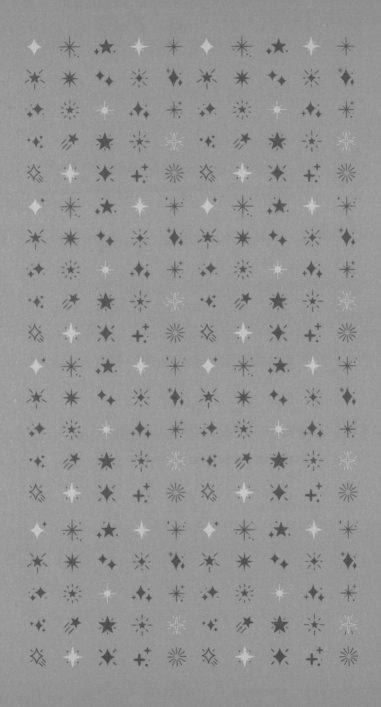

마술사,
그 평범하면서도
신비한 존재

카드 마술, 고정관념을 깨면
새로운 무언가가 나타난다

마술사가 쓴 책에 마술에 대한 비밀 한두 가지쯤은 그래도 알려줘야 하는 게 도리가 아닐까 싶다. 보통 인류의 역사가 시작되면서부터 마술의 역사도 시작됐다고 보는 만큼 마술의 종류 역시 다양하고 많다. 엄청나게 복잡하고 대규모의 사전 준비가 필요한 마술이 있는가 하면, 맨손으로 할 수 있는 마술도 있고, 문방구 등에서 쉽게 구할 수 있는 카드 한 통만 있으면 다양한 마술을 할 수도 있다. 우선 자주 접할 수 있는 카드 마술의 몇 가지를 알려드릴까 한다.

첫 번째는 관객이 고른 카드를 사라지게 하는 마술이다.

몇 장의 카드만으로도 할 수 있는 마술이니까 잘 익혀보시길 바란다. 눈을 감거나 아니면 TV나 유튜브 같은 데서 몇 번

쯤은 봤을 상황을 떠올려보자. 자, 지금 마술사가 몇 장의 카드를 당신에게 보여주고 있다. 그중 하나를 마음속에서 골라본다. 그러면 이미 짐작하겠지만 마술사는 당신이 생각한 카드가 사라지게 한다. 그 마술을 알려드리겠다.

골랐는가? 그 카드를 지금 사라지게 하겠다. 아래 이미지로 확인해 보기 바란다.

어떠한가? 생각했던 카드가 사라졌는가? 잠깐, '어?' 하는 생각이 드는가? 좀 찬찬히 고민해 보면 알 것 같은가?

동영상 설명을 보았다면 아마도 화가 나실지도 모르겠지 만 이 마술은 '마술'이라고 부르기도 쑥스러울 정도로 단순하 다. 그렇지만 마술에 있어서 아주 중요한 원리를 알려드리고 싶어서 사례로 들었다. 매우 간단한 것이지만 우리가 세상을 살아가면서 비슷한 맥락의 상황과 여러 번이나 맞닥뜨리게 되기 때문에 흔쾌히 마술의 비밀을 알려드린다.

'무념무상無念無想'이라는 말을 처음 듣는다는 분은 없으실 것이다. 살면서 몇 번 정도는 써 보기도 했을 익숙한 표현이 지만 한번 곰곰이 생각해 보자. 무념무상이라, 아무런 잡생 각도 없다. '생각'이라는 것을 전혀 하지 않는다. '곰곰이 생각 해 볼 필요가 있나?' 하더라도 한번 가만히 생각해 보면 '어? 말이 안 되는데?' 싶을 것이다. 원래 그게 정상이다. 무슨 말 인고 하니 '무념무상'이라는 말 자체가 불가능하기 때문이다.

'뭔 뚱딴지같은 소리야?' 싶으신 분에게는 이런 말씀을 우선 드리고 싶다. '뚱딴지'는 '돼지감자'의 다른 이름이다. 갑자기 역정이 나실지도 모르겠다. 후훗. 일부러 이러는 거다. 자~ 한번 생각을 다시 해 보자. 드라마 〈미스터 선샤인〉에서 나오는 매력적인 캐릭터 중 한 명인 '구동매'라는 사람이 날이 시퍼렇게 살아있는 칼을 빼들고는 싸늘하게 웃으면서 이런 대사를 하는 장면이 있었다. "자~ 이제부터 '생각'이라는 걸 해보는 겁니다. 나으리~."

무념무상은 머릿속에서 떠나지 않고 맴도는 생각念이 없고, 이미지처럼 머릿속에서 퍼뜩 떠오르는 생각想도 없다는 말이다. 문자 그대로 '아무 생각도 하지 않았고, 전혀 생각을 하지 않고 있다'는 뜻이다.

이건 말이 안 되는 말이라는 생각이 든다. 완벽한 사전적인 의미의 무념무상은 '아무 생각도 하지 않아야 한다'라는 생각조차도 하지 않는다는 것이다. 즉, '생각이 없다'라는 생각도 없어야 한다는 뜻이다.

아직 이해가 잘되지 않는 분들을 위해서 다시 한번 친절하게 설명하자면 무념무상은 '아무 생각도 하지 말아야지'라는 생각조차도 하지 않는 것을 의미하는 것이라고 말하고 있다. 이를테면 "자~ 이제부터 무념무상에 들어가는 겁니다"라고 누군가 말하고 우리가 무념무상 상태에 들어갔다면 정말로 아무것도 떠올리지 않아야 한다. 멍~ 하니 있는 것이 아니라 '생각을 떨쳐내야지'라는 생각조차도 하지 않는 상태가 바로 '무념무상'이라는 뜻이다. '지금 아무 생각도 하지 않고 있네'라는 것도 분명히 하나의 생각이니까.

왜 무념무상이라는 말이 모순이고 말이 안 된다고 주장하는가 하면, 만약에 정말로 우리가 사전적인 의미의 무념무상에 빠져들 수 있다면 우리 스스로의 힘으로는 아무 생각도 하지 않고 있는 그 상태에서 빠져나올 수가 없게 된다. 아무 생각도 하지 않는 상태에 있다는 생각조차 하지 않고 있는데 어떻게 '빠져나와야지'라는 생각을 할 수 있을까?

왜? '아무 생각도 하지 않아야 한다'라는 생각조차도 없는 완벽한 의미의 무념무상에 들어가 있을 수 있다면 그것을 중단해야 한다는 생각조차 비집고 들어올 수가 없기 때문이다. 그래서 우리 같은 사람들이 할 수 있는 생각 없음의 경지는 무념무상이 아니라 '무타념 무타상無他念 無他想'이라고 한다. 아무런 생각조차 없고, 그런 사실조차 인지하지 못하는 것이 아니라 '이런저런 잡다한 생각을 하지 말아야지'라는 생각 정도만 한 채, 멍~하니 머릿속을 비워놓고 있는 상태 밖에는 할 수 없다. 무타념 무타상이라는 말이 옳은 것이지 흔히 사용하고 있는 무념무상이라는 말은 애초에 말이 안 되는 말이라고 한 것이다. 나도 처음에 이 얘기를 들었을 때에는 곧장 이해가 되질 않아서 한참을 두고두고 생각했었다.

관객이 생각한 카드를 사라지게 하는 마술을 설명하겠다 면서 뜬금없이 무념무상의 정확한 의미를 설명하는 이유가 있을까? 없을까? 물론 있다. 우리는 너무나 쉽게 어떤 상황, 어떤 조건을 당연한 것으로 전제하고 생각하는 버릇을 갖고 있다. 무념무상이라는 말을 단순히 '아무 생각도 하지 않는 것'이라고 착각하고 있었던 것처럼….

이 책을 읽고 있는 당신에게도 수많은 고정관념이 있다. 그 중 어떤 것들의 존재는 알고 있었을 것이고 또 다른 어떤 것들 은 그런 고정관념이 있는지조차 몰랐을 것이다. 그런 것들이 몇 가지나 있는지는 알 수 없지만 적어도 앞장에서 보여드렸 던 마술의 비밀이 궁금하시다면 최소한 당신의 고정관념 한 가지는 분명히 알고 있는 것이다. 그게 뭘까?

바로 '카드'에 대한 고정관념이다. 무엇이 카드에 대한 고 정관념일까? 우리가 생각하고 있는 카드 그러니까 포커 게임 을 할 때 사용하는 것과 방금 전에 보여드렸던 마술에서 사용 했던 그런 카드는 '원래'라면 무늬와 무늬의 개수와 카드 귀퉁 이에 적혀있는 숫자가 일치하는 것이다. 한번 찬찬히 생각해 보고 이 마술의 앞 페이지로 돌아가서 사진을 잘 들여다보자.

그러면 '어? 다르잖아?' 하고 쉽게 이 카드가 일반적이지 않은 사실을 알 수 있을 것이다.

다시 말해서 당신에게 보여줬던 카드가 정상적인 것이 아닐 수 있다는 얘기다. 그러니까 당신이 어떤 카드를 머릿속으로 생각하셨더라도 나는 그 카드를 독심술 같은 마술로 알아맞힌 다음 그것을 뿅~ 하고 사라지게 만든 것은 아니라는 게 이 마술의 핵심이다.

이래도 이해가 안 되시는 분들이 있거나 혹은 설명 동영상을 안 보신 분이라면 꼭 보시길 바란다. 보면 모를 수가 없는데 꼭 영상을 보지도 않아 놓고 "봐도 모르겠는데요?"라는 사람들이 있다. 혹시 뜨끔하세요? 훗~

마술은 정말로 죽은 사람을 살리거나 혹은 빗자루를 타고 하늘을 날거나 하는 그런 진짜 마법사가 하는 마술이 아니더라도 당신의 '고정관념 때문에 마술로 보이는 그런 것들'도 상당히 많다는 뜻이다.

살면서 만나게 되는 여러 가지 어려운 고비, 불가능해 보이는 난관 앞에서 좌절하게 되는 일이 많다. 하지만 그걸 해결하는 방법은 '누가 도와주지 않는다면 해결할 수 없다' 혹은 '나는 이걸 못해낸다'라는 생각을 잠시 미뤄두라고 말해주고 싶었다. '내가 생각했던 카드가 무엇이었는지 마술사는 알지 못했을 텐데 어떻게 그 카드를 사라지게 만들었을까?'를 의아해할 수 있지만 그건 그저 나의 고정관념이었을 뿐이라는 걸 방금 확인했으니 이런 사실도 한 번은 의심해 보면 어떨까? 고정관념을 버리면 마술이 보인다고 기억하시기 바란다. '적어도 몇 가지는' 그렇다. 후훗~

키 카드, 핵심 혹은 비밀은 바로 옆에 있다?

방금 전에 보여준 것처럼 트럼프 카드로 하는 마술은 다른 마술에 비해 많은 준비가 필요한 게 아니기 때문에 수많은 마술사들이 저마다 비장의 마술을 만들어냈고 또 만들어 내고 있을 것이다. 그래서 마술사이기도 하지만 나도 다른 사람들이 어떤 카드 마술을 새롭게 선보이는지에 대해서 항상 관심이 많고, '저건 어떻게 하는 걸까?' 하면서 연구하게 만드는 마술을 보면 무척이나 즐겁다.

이왕 말을 꺼낸 김에 여러 번 접해 봤을 법한 카드 마술에 대한 중요한 힌트 한 가지를 더 드려보자면 다음과 같다. 아마도 TV에 나온 마술사가 관객들 중에서 무작위로 뽑은 사람에게 카드를 마음대로 섞은 다음 마술사가 보지 못하게 카드

한 장을 뽑게 하고, 그걸 마술사가 맞추는 마술을 보신 적이 있으실 거다. 카드를 뽑은 사람은 시청자들과 다른 관객들에게만 보여주고는 원래 있던 카드 속에 섞어 여러 번 셔플을 한 다음 마술사가 그렇게 숨겨진 카드가 무엇이었는지를 맞추게 하는 마술인데 마술사는 그걸 매번 맞춘다. 수많은 카드 중에서 나는 '하트 6'을 뽑은 다음 마술사가 보지 못하게 관객들에게만 그것을 보여주고는, 나머지 카드와 막 섞어버리는데 마술사는 하트 6을 찾아낸다. 이것도 아래의 QR코드로 동영상을 보는 게 더 나을지도 모르겠다.

아무튼 이런 카드 마술의 비밀을 이해하려면 '키 카드'라는 개념을 알면 좋다. 키 카드는 마술의 비밀을 푸는 데에 핵심이 되는 한 장의 카드를 의미한다. 이 마술의 경우에는 관객이 무작위로 뽑은 카드와 맞붙어 있는 카드가 바로 키 카드다.

위의 영상을 다시 한번 보면서 유심히 관찰해야 할 대목이 어딘가 하면, 바로 '관객이 직접 카드를 막 섞은 후 그중 한 장을 마술사가 보지 못하도록 잘 숨기고 관객들에게만 보여주고 난 다음'이다. 이후 관객이 선택한 카드는 마술사가 보지 못한 채 다시 다른 카드와 섞이게 되는데, 바로 이 순간이 포인트다. 정확하게 장면을 지켜보자면 관객이 서플을 하고 난 카드들은 아직 합쳐지지 않고 양쪽으로 나눠진 상태에 있다는 것을 볼 수 있다.

원래 한 뭉치였던 카드 중에서 어떤 한 장을 뽑으라고 하면서 자연스럽게 카드가 뽑힌 카드를 기준으로 해서 이쪽과 저쪽, 둘로 나눠져 있게 된다는 뜻이다. 이해가 되었는가? 쫙 펼쳐진 카드 중에서 관객이 한 장을 뽑아 들면서 원래의 카드들은 잠깐이지만 중간이 빈 채 둘로 나눠져 있게 된다.

업계 비밀을 하나 말해보자면 사실 마술사는 이때까지도 관객이 뽑은 카드가 무엇인지는 모른다. 이미 알고 있는 것처럼 싱긋거리면서 알고 있는 척을 할 뿐이다. 그러면 이 마술의 비밀로 접근해 보자.

관객이 뽑은 카드를 원래의 카드들과 함께 섞는 동작을 하면서 마술사는 둘로 나눠져 있는 카드들을 섞기 쉽게 정리하는 동작을 취한다. 너무 자연스러워서 눈치채지 못하고 넘어가지만 이 순간에 마술사의 눈은 관객이 뽑은 카드와 섞을 어떤 카드를 훔쳐보고 있었던 것이다. 손은 눈보다 빠르다고 말하지만 마술사의 눈은 타짜의 손만큼이나 빠르다.

마술사가 카드를 막 섞은 다음 쫙 펼쳐놓고는 관객에게 그 중 한 장을 뽑게 한다. 관객이 카드를 골라 뽑아 들면 잠깐이지만 펼쳐져 있던 카드들은 중간이 비어 있는 채 양쪽으로 나누어진다.

이제 마술사가 마술을 하기 위해서 테이블에 양쪽의 카드들을 각기 올려놓고는 관객이 뽑은 카드를 어느 한쪽의 카드 무더기 위에 올려놓는다. 바로 지금이 중요한 순간이다. 마술사가 쉽게 맞추지 못하게끔 관객이 뽑은 카드와 양쪽의 카드 무더기와 섞어야 한다. 양쪽의 카드 무더기를 하나로 합치기 바로 직전 자연스럽게 양쪽 카드 무더기를 섞기 쉽도록 정리를 마술사가 할 거다. 동작이 아주 자연스럽지 않은가?

자세히 보면 뽑힌 카드가 올려지지 않은 다른 쪽의 카드 무더기를 잠깐 세워서 정리하고는 아무 일 없었다는 듯, 나머지 카드와 합칠 거다.

방금 전에 마술사가 카드 무더기를 세워서 정리를 하는 순간 마술사는 어떤 카드 한 장을 볼 수도 있었을 거다. 계속 테이블에 엎어져 있어서 숫자와 무늬를 볼 수 없었지만, 정리하는 순간에는 세워져 있었으니 제일 밑에 있는 카드를 볼 수도

있었을 테니까. 당신은 눈치채지 못했겠지만 마술사는 그 순간 어떤 카드 하나를 보았던 거다. 바로 그 카드가 이 마술의 비밀인 키 카드다. 카드가 어디에 있는 줄만 알게 되면 저절로 뽑힌 카드가 무엇인지를 알게 될 테니까.

키 카드는 어디에 있을까? 바로 관객이 뽑은 카드 바로 위에 있을 거다. 두 더미로 나누어져 있는 카드 중 한쪽의 제일 위에 관객이 뽑았던 카드가 올려져 있고 그 위로 나머지 카드 더미가 덮였는데, 그 덮인 카드의 제일 밑에 있는 카드를 마술사가 보았다는 의미다. 그러니까 마술사는 자기가 본 카드만 기억하고 있으면 그 아래에 있던 카드를 자연스럽게 뽑아 들고는 "이거죠?"라고 마술을 할 수 있었던 거다.

이번에도 도대체 무슨 소리인지 모르겠다 싶은 이들이 있을 것 같다. 그러고도 모르겠으면 〈미스터 선샤인〉에서 주인공인 유진 초이가 사격을 처음 하던 양반집 도련님들이 엉망으로 사격을 하자 그들에게 이런 구호를 복창하게 하는 장면이 있다. 도무지 내 설명이 무슨 말인지 이해가 안 가시는 분들도 함께 복창해 보라. "나는 바보다. … 후훗."

이 키 카드가 카드 마술에서 중요한 이유는 관객들의 관심이 모두 마술사가 맞춰야 하는 카드에 쏠려 있다는 것을 역으로 활용할 수 있는 기회가 되기 때문이다. 사람들의 관심이 어딘가로 집중되어 있다면 그곳을 뚫고 들어가는 것은 너무나 힘든 것이 인지상정이다. 죄다 거길 쳐다보고 있는데 어떻게 잔재주를 피울 수 있겠는가. 당장 눈치챌 텐데.

하지만 역설적으로 사람들이 한곳만 쳐다보고 있기 때문에 나머지에 대해서는 관심이 상당히 느슨해지게 마련이라 그 느슨한 틈을 노리는 것이 이런 종류 마술의 핵심이다. 그러니까 알고 보면 의심이 많은 관객들이 직접 뽑은 카드를 처음부터 알고 있었던 것이 아니라 내가 슬쩍 훔쳐본 카드가 관객이 뽑은 카드 바로 옆에 위치하도록 만드는 게 마술의 비밀이었던 셈이다. 손가락으로 달을 가리켰더니 다들 손가락만 쳐다본다는 우화가 문득 떠오른다.

정작 중요한 핵심이 되는 것이 바로 옆에 있는데 우리는 그걸 모르고 엉뚱한 곳을 쳐다보고 있었던 것인지도 모른다. 내게 '풍수'에 대해 알려주시던 분의 얘기 중에서 무척이나 흥미로웠던 내용이 '키 카드'를 떠올리게 했었다.

오래전부터 우리나라에서는 조상의 묘를 좋은 자리에 쓰면 후손들이 복을 받는다는 관점에서 사람들이 명당자리를 찾고 싶어 했는데, 그 '명당明堂'이라는 말에 대해서 우리가 착각하고 있다는 게 그분의 얘기였다. 명당이라는 말 자체가 '좋은 마당'이라는 뜻인데, 우리가 정작 사는 곳은 마당이 아니라

집이라는 걸 너무나 쉽게 오해하고 있더라는 거였다. 조상의 묘나 우리가 복받으며 살 수 있는 좋은 터, 그러니까 명당을 찾으면 그 자리에 집을 짓거나 묘를 쓰는 게 아니라 그 좋은 자리를 마당으로 삼을 수 있는 집의 자리가 중요하다는 뜻이다.

키 카드가 마술을 성공시키기 위해 필요한 카드의 바로 옆에 있는 것과 같다. 그러면 '키 카드가 명당'이라는 것일까?

저글링, 최대와 최소의 중간 그 어딘가의 균형

누구라도 연습만 하면 최소한 몇 가지 정도의 마술은 할 수 있는데 만약 마술을 배웠으면 하는 이유가 사람들에 쉽게 말을 걸거나 친해지고 싶기 위해서라면 저글링을 배워보는 것도 좋은 선택이다. 어떤 물체를 한쪽 손으로 던지고 다른 손으로 받는 아주 간단한 동작이지만, 던지는 물체의 숫자가 많아질수록 보는 사람들로 하여금 '우와~' 하는 감탄사가 절로 나오게 하는 다분히 경제적인 마술 혹은 재주이기 때문이다.

어떻게 하면 저글링을 쉽게 할 수 있는지는 다음 페이지의 QR코드를 찍어보면 되는데, 우선적으로 가장 중요한 요령 몇 가지를 말해 보자면 다음과 같다.

가상의 선 3개가 내 몸 앞에 그려져 있다고 가정해 보는 것이다. 무슨 말인고 하니 일어서서 정면을 바라보고 똑바로 선 상태에서 양쪽 옆구리 앞으로 가상의 수직선 2개와 눈썹 높이의 수평선이 그어져 있다고 여기면 된다. 그 상태에서 한 손에 저글링 할 물체를 가볍게 쥐고는 그 물체를 '선 안쪽에서' 던져 다른 손으로 '선 밖에서' 살포시 잡으면 된다. 공의 높이는 눈썹 근처에 있는 수평선에 딱 닿을 정도면 좋다.

예전에 키스를 책으로 배웠다는 TV CF가 있었는데, 두 남녀의 키스 모습이 너무 어색해서 보는 사람이 "어이구~" 하며 질색하게 만들기도 했다. 아마도 제일 쉽게 배울 수 있는 마술이라면서 저글링에 대한 요령을 이렇게 책에 글로 풀어서 놓았으니 당신의 심정은 그 CF를 보던 사람들의 그것과 크게 다르지는 않을 싶다. 원래 말은 참 쉬운 법이니.

하지만 결국 저글링 마술을 할 수 있게 된 사람은 분명하다. 시키는 대로 따라서 해본 사람이다. 이게 제일 빠르게 저글링을 익힐 수 있는 요령이니까 믿고 따라 해 보시길 바란

다. 처음에는 테니스 공이나 소프트볼로 연습하는 게 좋은데 주의할 점은 '선 안에서 던지고, 선 밖에서 받는다'는 것이다. 어깨와 손목에 힘을 뺀 채, 항상 천천히 던지고 받는 연습을 해야 한다. 너무 힘을 주지 않고 그렇다고 아예 힘을 빼서도 안 되고 '적당한 정도의 힘으로' 말이다.

처음에는 공 하나로 연습을 시작하되, 선 안에서 던지고 선 밖에서 받는 게 익숙해졌다 싶으면 공을 추가해 2개로 연습을 해본다. 1개일 때와 똑같이 연습하되 추가할 것은 두 번째 공을 '언제 던져야 하는가?'에 관한 것인데, 첫 번째 공이 눈썹 높이의 정점에 도달하는 순간, 두 번째 공을 던지는 게 요령이다. 선 안에서 던지고 눈썹 높이에 도달하면 다른 쪽 손에 있던 공을 선 안에서 반대쪽으로 던지고 선 밖에서 받는다는 거다.

'하나 둘, 하나 둘' 하고 공을 던지고 받을 때에 맞춰 구호를 하면 조금 더 도움이 된다. 이 저글링은 손목과 어깨에 힘을 빼고 편안하고 상태에서 느긋하게 던지는 게 관건인데 힘 조절이 가장 어렵다. 간혹 저글링을 처음 연습하는 사람들 중에서는 공이 아예 앞으로 튀어나가는 경우도 있기는 하다. 이는 어깨에 힘이 잔뜩 들어갔기 때문인데 '잘 잡아야지' 하는 마음을 버리고 '우선 천천히 잘 던지자'라는 연습부터 하는 게 좋다.

저글링에 익숙해지면 좋은 점이 있다. 바로 어떤 상황에서든 좀처럼 흥분하지 않고 평정심을 유지하는 데에 많은 도움이 된다. 이를테면 중요한 면접을 하는 자리나 프레젠테이션이 있어서 잔뜩 긴장이 될 때 작은 공 2개로 저글링을 몇 번만 해보면 저절로 마음이 차분히 가라앉는 걸 느낄 수 있게 된다.

내가 낼 수 있는 최대의 힘과 최소의 힘 중간의 어딘가쯤의 힘을 항상 유지하는 것이 저글링의 비밀인 것처럼, 우리가 어떤 일을 하고 그것을 통해 좋은 결과를 낳기 위한 방법론으로, 공연의 노하우로 비유할 수 있을 것 같다. 시종일관 자극적인 공연을 할 수는 없기 때문에 고난도 저글링, 코미디를 섞은 마술, 관객과의 대화 등을 적절히 배분하는 전략이 필요하다. 이처럼 힘을 내야 할 때와 힘을 아껴야 할 때를 잘 조절하는 지혜가 필요함을 배우고 익힐 때, 공연을 어떻게 하는지를 떠올려 보는 것도 좋은 방법이 아닐까 싶다.

주위산만 수집가의 코미디 공연,
'나'라서 할 수 있는 게 있다

'책을 써야겠다'고 마음먹었던 건 꽤 오래전의 일이지만 그걸 결심하고 행동으로 옮기면서 책을 쓰고 싶다는 마음을 가진 사람은 많은 데 실제로 책을 쓴 사람이 왜 얼마 되지 않는지를 알게 됐다. 예상했던 것보다 해야 할 게 많고, 정말로 책을 쓰고 만드는 데 필요하지만 모르기 때문에 배워야 하는 것들이 상당히 많다는 걸 알게 됐다.

'아,… 이래서 다들 책을 못 쓴 거구나' 싶었는데 그렇다고 해서 포기를 해버리면 그건 나답지 않은 것이니까 행동으로 옮기기 위해서 방법을 찾아봤더랬다. 다행히 알고 지내던 사람 중에 베스트셀러 작가가 된 친구가 있어서 그 친구에게 도움을 받을 수 있는 분들을 소개받아서 이렇게 책을 내게 되었다.

여러 권의 베스트셀러를 만들었다는 분과 내 책에 대해서 여러 번 미팅을 하면서 많은 대화를 나눌 수 있었는데, 그중 기억나는 게 있어서 몇 가지 알려드리고자 한다. 이 책을 읽는 분들 중에서 혹시 '나도 이 사람처럼 책을 써보고 싶은데'라고 생각하신다면 도움이 될 것 같다. 우선 어떻게 책을 만들 것인지, 어떤 책을 쓸 것인지에 대해서 많은 얘기를 하면서 내 직업인 '마술사'와 '마술'에 대한 이야기를 뼈대로 해서 내 이야기와 경험, 의견 등을 덧붙여서 작업하는 게 좋겠다는 결론을 내렸는데, 그러다 만나게 된 곤란한 상황이 '어떻게 글로 마술을 소개할 것인가?'에 대한 것이었다. 명색이 마술사의 책인데 마술이 나오지 않으면 그건 좀 … '아니다' 싶다는 게 우리의 공통된 결론이었다.

하지만 마술과 버스킹 공연장의 생생함을 직접 보는 것이 아니라 책과 글로 읽어서 느끼게 하는 것이 무척이나 어려운 작업이 될 것이라고 예상했고 이런저런 고민을 많이도 했다. 하지만 '어쩔 수 없이 글자'이기 때문에 책이 나오는 순간까지 그 고민을 하고 있지 싶기는 하다.

이 장의 앞에서 읽었던 내용이 너무 억지스러워서 도저히 읽을 수 없다는 생각이 들지는 않았다면, 우리의 고민이 어느 정도 해결점을 찾은 것이긴 하겠지만 그런 고민 중에서도 정말로 어렵다 싶었던 마술이 바로 '코미디 마술'이었다.

사람들을 웃게 하는 것도 쉽지 않은데, 글자로 사람을 웃게 만들어야 한다는 게 정말로 쉽지 않은 일이었다. 하지만 나는 그리고 우리는 도전했다. 실패할 확률이 상당히 높겠지만.

자주 공연을 하는 부산 해운대에서 했던 공연 영상을 한 관객이 찍어 올린 영상인데, 한 소년이 옆에 나와 있지만 내가 하라는 대로 대답을 시원시원하게 해주지 않았던 상황이었다. '웨어 아유 컴 프롬Where Are You Come From?'이라는 질문에 대답을 못하고 있어서 자꾸 물어봐도 수줍게 웃기만 하고 대답이 나오질 않아서 공연이 진행되지 않고 있는 그런 '아슬아슬할 수 있는' 상황이었다.

오해받기 십상이지만 코미디 마술을 '나니까 웃기는 거다' 라고 말할 수 있는 이유는 공연을 보고 사람들이 웃을 수 있는 '포인트'가 딱 정해져 있는 것이 아니기 때문이다.

그날 공연을 보고 있는 관객들과의 주고받는 호흡에 따라서 "와~" 하는 박수와 웃음을 이끌어낼 수 있는 포인트가 각각 다르다. 이것 역시 말로는 알 수 없는 것이어서 직접 경험을 해보면 알게 된다. 공연 특히나 버스킹 공연은 관객들과의 주고받는 호흡에 의해서 완성되는 것이니까. 그 순간순간의 분위기와 상황을 잘 파악해서 사람들이 자연스럽게 웃을 수 있는 쪽으로 몰고 가는 것은 전적으로 공연자의 역량이다. '박장대소와 갑분싸는 종이 한 장 차이'라는 말도 있다. 아, 물론 내가 만든 말이다. 어느 정도 동의하시는가.

이를테면 밀양에서 왔다는 이 수줍음 많은 사내아이를 마치 다그치기라도 하는 것처럼 손으로 머리를 잡고 '끄덕끄덕' 하고 있는 모양새는 자칫 잘못하면 아동을 학대하는 것처럼 오해받을 수도 있다. 만약 음악도 없고, 어른들이 잔뜩 모여있는 한 가운데 아이가 외따로 서있는데 덩치 큰 성인 남자가 아이의 머리통을 잡고 흔든다면, 그건 "거기 경찰서죠?"라고 신고 전화를 할 만한 상황이라고 오해받기 십상이지 않을까? 하지만 영상에서 보는 것처럼 어느 누구도 화를 내거나, 아이를 걱정하거나 하지 않고 오히려 다들 너무나 재미있다는 듯 웃고 있다. 같은 경우지만 어떤 때에는 경찰에 신고를 당할 만큼 급박한 상황으로 받아들여지고, 또 다른 어떤 경우에는 사람들이 모두 즐거워하고 심지어는 그 상황에서 수동적인 입장에 있는 아이조차 웃고 있기도 한다.

그게 무슨 차이일까? 코미디 마술 혹은 코미디 공연의 중요한 포인트가 바로 거기에 있다. 어떤 말을 하거나 특정한 동작을 했다고 해서 사람들이 웃는 게 아니라 어떤 '분위기'인가에 따라서 웃느냐 아니면 갑자기 분위기가 싸~해지느냐가 달라진다는 것이다.

앞쪽 페이지 QR코드의 해운대 동영상은 밀양에서 온 아이의 부모님이 너무나 재미있어하셨고 그건 그곳에 있던 대부분의 사람들이 즐거워하고 있던 '분위기'에 자연스럽게 동화가 된 상태였다.

흔히들 '여자는 분위기에 약하다'고들 하는데 그보다는 사람이라는 존재 자체가 분위기 특히 '다수의 분위기'에 동화되려는 본성이 있지 싶다. 실제로 외국의 한 심리학자들이 엘리베이터에서 실험을 한 것이 있다. 엘리베이터에 탄 다른 사람들이 전부 엘리베이터 벽을 쳐다보고 있으면, 나머지 사람도 눈치를 슬금슬금 보다가 따라서 벽 쪽으로 몸을 돌린다는 흥미로운 결과를 보여주었다. 아마도 그 실험도 사람이 다수의 분위기에 동조되는 경향이 있다는 걸 보여주는 게 아닐까?

그러면 '어떻게 분위기를 만드는가?'가 코미디 마술의 관건인 셈이다. 요즘 제일 웃기는 개그를 따라 하면 사람들이 웃을까? 웃는 사람들이 제법 있기는 하겠지만 그걸로 공연을 계속 이어가기는 힘들 것이다. 그렇다면 어떻게 해야 말만해도 사람들이 까르르 웃고, 별것 아닌 행동만 하나 해도 박장대소를 하는 그런 분위기를 만들 수 있을까?

아래에 있는 영상 하나를 더 보시기 바란다.

너무나 유명한 TV 오디션 프로그램인 〈아메리카 갓 탤런트〉에 출연한 이스라엘 마술사 리오즈 쉠 토브의 공연 영상이다. 공이 갑자기 위로 튀어 올라가는 일종의 염력 마술이나 줄자가 갑자기 밑으로 쑥 내려간다거나 하는 마술을 보여주겠다면서 천연덕스러운 표정으로 공연하고 있는데, 사람들은 어이가 없다는 듯이 피식거리다가는 공연이 계속될수록 한 명, 두 명 진심으로 웃기 시작한다. 결국에는 팔짱을 끼고 냉소적으로 보던 심사위원까지 껄껄거리면서 웃게 되고, 관객들이 자리에서 일어나 손뼉을 쳐주고 마술은 끝이 난다.

트럼프 대통령이 연설에서 자주 사용하는 단어이기도 한 《그릿Grit》이라는 책이 있다. 어떤 일을 함에 있어서 여러 가지 난관과 어려움이 있지만 그걸 이겨내고 끝까지 해내는 것을 그릿이라고 하는데, 이 말을 이 책을 읽고 있는 분들에게 꼭 하고 싶었다. 앞에서 내 버스킹 동영상을 보면 사람들이 막 웃는다. 그런데 그건 '나'니까 웃기는 거야라고 했었다. 그런데 아마도 '그래서 뭐 어쩌라고?' 이런 생각이 들었을 지도 모르겠다.

진짜로 하고 싶은 말은 '김광중'이라는 버스커 마술사이기 때문에 할 수 있는 어떤 공연이나 딱딱하게 굳어있는 표정의 관객들에게서 미소를 이끌어낼 수 있는 무언가가 있는 것처럼, 이 책을 읽고 있는 당신이라서 할 수 있는 게 있다는 거다.

정말로 있다. 그러니까 그게 뭐가 됐든 망설이지 말고 해보기 바란다. 평생 할 수 있는 일을 찾는다는 게 쉽겠는가. 그렇게 중요한 게 그냥 한 번에 찾아지는 사람은 없다. 그러니까 뭔가가 해보고 싶은 게 있으면 해보기 바란다. 열심히, 정말 열심히! 다른 사람들한테 계속해서 "이게 맞을까요?"라고 묻지 말고, 남들 눈치 의식하지도 말며, 아주 열심히! 그런데도 '이게 아닌가' 싶으면 일단 거기까지만 한다. 그리고 다른 걸 또 찾아본다. 다시 해본다. 그러다 보면 어느 순간엔가 '혹시 이게?'라는 느낌이 든다.

그냥 망설이지 말고 일단 해본다. 그러면 조금씩 달라질 거다. '잘할 수 있어'라는 마음이 닿았으면 좋겠다. 물론 '이것저

것 찔러보다 죽도 밥도 안되는 거 아니에요?라고 생각할 수도 있다. 걱정되겠지. 그래, 그건 당연한 것이다. 앞날이 걱정이 안 되는 사람이 있으면 둘 중 하나라는 말도 있다. 미쳤거나 아직 안 미쳤거나. 많은 사람들이 "자기가 하고 싶은 일만 하면 먹고살지 못해"라고 말할 거다. 아마도 틀린 말은 아닐 거다. 곰곰이 생각해 보면 그렇게 얘기하는 사람들이 거짓말하는 건 분명히 아니지만, 본인이 정말로 하고 싶은 일이 있어서 그걸로 한동안 살아봤는데 먹고살지 못 하더라는 결론을 내리고 그런 충고를 한 것일까? 경험에서 내린 것이라고 하더라도 몇 번이나 해보았을까? 그러니 그런 말쯤은 그냥 무시해도 괜찮지 않을까? 시도한 사람이, 행동한 이가 결국 자신의 인생에 더 떳떳한 것이니까.

충고는 충고일 뿐,
그냥 참고만 하면 된다

적어도 십 년 넘게 열심히 하고 싶은 일을 하면서 살아보고 하는 얘기다. 길에서 지나가는 바쁜 사람들 붙잡아 놓고 마술을 보여주고 공연하면서 돈을 받는 일을 했었다. 지금도 하고 있고. 하지만 이런 모습을 어느 부모님이 좋아하시겠는가. 부모님도 내 걱정이 이만저만이 아니셨다. 내색을 하지는 않으셨지만. 그렇게 10년이 넘는 시간 동안 정말로 열심히 마술을 했다.

얼마 전에 어머니한테 전화를 드려서 "이제 아들이 걱정 안 되세요?"라고 물어봤다. 그랬더니 어머니 말씀이 "어, 이젠 걱정 안 돼, 잘하고 있는 걸 봤잖아. 열심히 해, 아들~"이라고 하셨다.

나도 그렇지만 이 책을 읽고 있는 젊은 분들은 앞으로 살아갈 날이 더 많을 거다. 그러니까 경험해 보지 못한 일이 더 많을 것이다. 그런데 과거의 경험으로 미래를 얼마나 알 수 있겠는가. 그냥 충고는 충고일 뿐, 참고만 하면 된다. 그렇다고 충고해 주시는 분들에게 감사한 걸 잊지는 말자.

주위 사람들에게, 종종 "내가 어떤 사람이라고 생각해?"라고 질문하곤 한다. 무언가 함께할 수 있는 동반자가 있다는 것은 큰 복이고, 상당한 힘이 된다. 특히나 소속된 회사라거나 단체, 모임과 같이 외투가 될 만한 것이라고는 아무것도 없는 거리의 버스커들에게는 더더욱 그렇다. 수많은 친구들이 있지만 친구 정욱은 내 공연의 뗄 수 없는 동반자다.

듣기에 따라서 아주 '답정^{答定, 이미 답은 정해졌다}'인 질문이지만 내 친구들이 또 어떤 사람들인가? 절대 정해놓은 답을 기대할 수 없는 캐릭터들이지 않은가. 친구이자 가족 같은 동반자인 정욱에게 물었다. 그랬더니 시크한 정욱답게 톡을 보내왔다. 우리가 주고받은 펄떡거리는 날 것의 대화를 보여드린다. 나보다 나를 더 잘 아는 사람의 존재는 언제나 채찍이고, 격려이며 사막의 오아시스 같다. "정욱, 표현이 괜찮냐?"

책을 쓰기 위해서 만났던 한 지인이 "전혀 그렇게 생기지 않았는데 희한한 재주가 있는 분이로군요"라는 말을 하기도

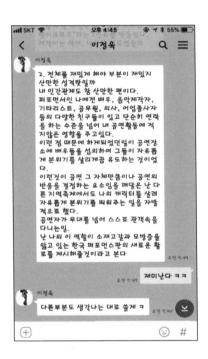

.ıll SKT 🔒 오후 4:45 🔷 ✓ 🕸 55% 🔋

‹ 이정욱 Q ☰

이정욱

2. 전체를 재밌게 해야 부분이 재밌지
산만한 성격탓일까
내 인간관계도 참 산만한 편이다.
퍼포먼서인 나에겐 배우, 음악제작자,
기타리스트, 공무원, 의사, 어업종사자
등의 다양한 친구들이 있고 단순히 연락
을 하는 수준을 넘어 내 공연활동에 적
지않은 영향을 주고있다.
이런 점 때문에 하게되었던일이 공연장
소에 배우들을 섭외하여 그들이 자유롭
게 분위기를 살리게끔 유도하는 것이었
다.
이런것이 공연 그 자체만큼이나 공연의
반응을 결정하는 요소임을 깨달은 난 다
른 지역축제에서도 나의 캐릭터를 살려
자유롭게 분위기를 띄워주는 일을 자발
적으로 했다.
공연자가 무대를 넘어 스스로 관객속을
다니는일.
난 나의 이 역할이 소재고갈과 모방증을
앓고 있는 한국 퍼포먼스판의 새로운 활
로를 제시해줄것이라고 본다   오전 9:49

오전 9:49   재미난다 ㅋㅋ

이정욱

다른부분도 생각나는 대로 쓸게 ㅋ   오전 9:50   ⌄

⊕   ☺ #

했다. 친구지만 내가 생각해도 참 착실하게 회사 생활 잘하게 생겼는데 어쩌다….

나의 이야기를 쓰는 것이기는 하지만 객관적인 의견이 필요하다는 조언으로 주위 사람들에게 코멘트를 받았는데, 그 중 정욱이 바라본 버스커 마술사 김광중에 대한 이야기는 당사자인 내가 들어도 참 재미있다.

태어났을 때 갓난 아이의 몸에 하도 털이 많아서 '내가 사람을 낳은 게 맞나?' 하고 잠깐 고민하셨다는 엄마의 농담 아닌

농담처럼 나는 주의가 산만하다. 그렇지만 조금 항변을 해보자면 집중하지 못해서 주의가 산만한 게 아니라 집중할 거리가 너무 많아서 적절하게 관심을 나누다 보니 다른 사람이 보기에 산만해 보이는 것뿐이라고 말한다. 관심 가는 게 많다 보니 길을 가다 뒤도 돌아보지 않고 내버린 게 분명한 잡동사니를 들고 들어오는 일도 많다. 엄마나 은경은 펄쩍 뛰곤 하고 "어디 쓸려고 그래?"라고 말을 하지만 그 어딘가의 쓰임새가 당장은 떠오르지 않을 뿐이다.

하지만 이런 수집벽을 정욱은 십분 이해해 줄 뿐만 아니라 나도 '아하!' 할 정도로 예상치 못했던 가능성을 끄집어 내주는 재주가 있다.

나중에 자세히 그때의 상황을 얘기하겠지만, 네팔에서 대지진을 만나서 은경에게 프러포즈를 했는데 당시 가진 돈이 거의 없었다. 그런 상황이었던 것이 친구들 사이에서는 네버엔딩 안줏감이다. '그 돈 갖고 어떻게 결혼했누? 은경 씨가 더 대단한 거겠지'라면서. 그래도 정욱은 세상 어디를 가더라도 며칠 정도는 먹여주고 재워줄 집이 있는 사람이 몇이나 되겠냐?'라며 너스레를 떨어주는 친구다.

아무 준비도 하지 않는 것처럼 보이지만 6개월 후, 1년 후를 예상하고 있더라는 정확한 평가를 해주는 정욱은 '세상 모든 사람이 각각 자기만이 할 수 있는 게 있다라는 자못 감동스러운 말을 하기도 한다. 백번 동감하는 바다. 누구라도 어떤 사람이라도 그 사람 하나만이 할 수 있는 무언가가 있다. 그게 많은 사람들의 환호를 받는 분야가 아닐 수도 있고 전혀 돈이 되는 것이 아닐 수도 있겠지만.

한 지인은 맨손으로 허공을 날아가는 파리를 잡는 재주가 있다. 엄숙 근엄 진지한 얼굴을 하고 갑자기 허공에 손을 휙! 하고 내 젓고는 "죽일까요? 기절만 시킬까요?"라고 묻는다. 파리를 잡아놓고는. 그런데 그 사람은 글을 쓰는 작가다. 김연아 같은 트리플 트리플 점프를 뛸 수 있는 재능이 없더라도, 토익 만점을 받는 영어 실력이 있는 게 아니더라도 아주 작고 사소한 무언가라도 당신에게는 있다. 그걸 찾아서 조금 더 연습하고 반복하다 보면 그게 사람들에게 당신을 알릴 수 있는 계기가 된다. 나만이 할 수 있는 게 있고, 당신이라서 할 수 있는 일이 있다. 일단 그렇게 믿고 한번 그걸 찾아보시길 진심으로 바란다.

그래도 마술사가 마술에 대한 얘기를 하는데 그냥 이런 소리만 하고 넘어가면 좀 그렇겠지? 근처 편의점에서 작은 사이즈의 생수와 종이컵을 사서 갖고 와보자.

그 컵에 물을 넣어보자. 넣었는가? 그러면 그 컵을 거꾸로 뒤집어 보자. 뒤집었는가? 물이 쏟아질 거라고? 근데 나는 물을 쏟지 않고 컵을 뒤집을 수 있다.

QR코드를 한 번 찍어서 동영상으로 보기 바란다. 그리고 내 말이 거짓말인지 사실인지 확인해 보라. 정말 물이 쏟아지지 않고 컵이 뒤집어지는가? 그런데 왜 당신이 하면 잘 안될까? 이 마술의 비밀을 알고 싶은가? 영상을 끝까지 봤는가? 보지 않았다면 끝까지 한 번 보라.

하고 싶은 일을 찾으면 정말로 열심히 하라는 건 괜히 하는 소리가 아니다. 그 일을 하는 과정 과정을 정말로 열심히 해야 한다. 다른 일에 눈이 돌아가더라도 일단 뭔가를 하나 시작했으면 다른 데로 관심이 가는 마음을 꾹꾹 눌러가면서 해보라. 이 마술을 성공적으로 하기 위해 적당한 흡수제를 찾기 위해 부단히 노력했다. 컵 안에는 이미 흡수제를 넣어둔 것이긴 한데, 꽤 많은 물을 넣어야 극적으로 표현되기 때문에 이를 잘 흡수할 물질을 찾는 일이 쉽지 않았다. 하지만 난 쉽게 포기하지 않고 그 덕분에 이런 마술을 연출할 수 있게 되었다. 당신이 자기 자신에게 "쾅!" 하고 화를 내면 당신 속에 있는 존재가 위축되어 어렵고 힘이 들 때에도 그걸 계속할 수 있는 용기나 인내를 주지 못하게 된다. 그러니까 정말로 온 힘을 다해서 열심히 해보고도 무언가가 예상했던 것만큼 안 된다 하더라도 '이건 아니야!'라고 스스로에게 화를 내고, 그동안 했던 노력을 부정하지는 말고 그냥 조용히 그 자리에서 멈춰서 다른 길을 찾아보라.

속에 쉽게 깨지는 것들이 들어 있는 배낭을 메고 있었던 것처럼, 그 배낭 속 물건들이 깨지지 않도록 차분하고 조심스럽게 땅에다 내려놓아야 한다. 그래야 다시 그것들이 필요할 때 깨지지 않은 온전한 상태로 사용할 수 있다. 그러니 우리 같이 노력해 보자. 나 자신에게 화를 내지 말고, '나는 안돼'라고 부정하지도 않고 '그래 당분간 여기에서 멈춰 있자'라고 차분하게 말해보자. 그래보자.

하나만 해볼까?
되는지, 숫자 마술

전에 하지 않았던 공연들로 완전히 바꾸기 위해서 하나씩 새로운 마술을 공연에 넣고 있다. 그렇게 새롭게 선보이고 있는 마술 중 하나가 '탈출 마술'이다. 이는 온몸에 무거운 쇠사슬을 감고는 그것에서 한순간에 빠져나와야 하기 때문에 무거운 쇠사슬이 땅바닥으로 떨어져 내릴 때 쨍하면서도 둔탁한 소리가 관객들의 환호를 더 크게 만드는 것은 사실이다. 하지만 그 마술을 할 때마다 몸이 너무나 아프다. 아마도 우리가 겪고 싶지 않고, 빠져나오고 싶은 상황, 일상에서 헤어나오는 것도 그렇게 아픈 것이겠지.

하지만 좀 전에 말한 것처럼 시도하지 않기 때문에 아무 일도 일어나지 않는 법이니까 뭐가 됐든 '해보고 싶은데'라는 마음이 들었다면 적어도 그것을 시도는 해봐야 하지 않을까? 그런 의미에서 아주 간단한 마술을 하나 배워보자.

〈연애 권하는 사회〉라는 드라마도 있다는 데, 마음에 든다고 아무한테나 말을 걸고 그러면 큰 낭패를 볼 수 있으니 연애하는 게 그리 쉬운 일은 아니지 싶다. 그렇다 하더라도 사람 마음이라는 게 그렇게 생각하는 대로만 되는 게 아닌지라 왠지 모르게 자꾸 끌리고 마음이 간다면 행동으로 옮겨 보는 것이 옳은 일이 아닐까 한다.

'해보자, 뭐 어때?'라고 말을 했으니까 '어떻게?'라는 질문에도 답을 하겠다. 일단 그냥 한번 속는 셈 치고 해보시길 바란다. 마음에 드는 이성과 잘 되게 해주는 마술이나 그런 건 아니지만 숫기가 없고, 자연스럽게 말 걸어볼 기회를 찾지 못하는 사람들에게 작은 기회 정도는 될 수 있는 방법이긴 하다.

만약에 이 방법대로 했는데도 잘 안되거나 기대한 반응이 아니라면 뭐 어쩌겠는가. '싱거운 사람일세'라는 소리 한번 들으면 그만이다. 혹시 또 '피식' 하고 웃기라도 한다면 그게 또 인연을 만들어 갈 수 있는 연결고리가 될지도 모른다. 하여튼 분명한 건 아무것도 하지 않으면 아무 일도 일어나지 않는다는 것이다. 물론 알고는 있겠지만 내 말이 답답하다면 '알고는 있는데 여전히 시도는 안 했기 때문'일 확률이 엄청나게 높지

싶다. 맞는가? 금방 익힐 수 있는 걸 하나 알려드릴 테니 '에브리바디 함께 배워보자. 오케이?'

우선 말을 걸고 싶은 사람한테 휴대전화 계산기 앱을 켜라고 해보자. 참, 자신 있는 인사가 먼저다. "안녕하세요?"라는 정도는 해야 한다. 다짜고짜 들이대면 될 일도 안 되는 법이다. "왜요?"라고 물으면 이렇게 얘기해 본다. "그쪽 전화번호 알려 달라고 하면 '알았다'고 할 거예요? 아니잖아요. 그래서 마술로 알아내려고요"라고. 이랬는데 욕하거나 따귀를 맞지만 않았으면 그래도 가망은 좀 있는 거니까 얼른 해본다. 마술도 분위기 탔을 때 쭉 밀고 가야지 잠깐 머뭇거리다가는 분위기 안 돌아오니까. 자신감 있게 해보는 거다.

우선 "전화번호 가운데 숫자 네 자리에다 250을 곱해보세요"라고 한다. 그런 다음 다시 "그 숫자에다 80을 곱하세요"라고 한다. 전화번호 가운데 숫자에다 250을 곱한 다음에 다시 80을 곱하라는 거다. 그러면 굉장히 큰 숫자가 나왔을거다. 신경 쓰지 말고 다시 이렇게 말해 보라. "나온 숫자에다 당신 전화번호 뒤 네 자리 숫자를 더해보세요. 플러스"라고. 자신 있게 시키면 계속할 거다. 뒷 네 자리를 더하라고. "하셨어요?"라고 묻고 '그렇다'고 하면 "다시 뒤 네 자리 숫자를 한 번 더 더해보세요"라고 한다. 정리를 해 보자. 휴대전화 번호 가운데 숫자에다 250을 곱하고 다시 80을 곱한 다음에 전화번호 뒷자리 숫자를 두 번 더하는 거다. 그럼 굉장히 큰 숫자가 나왔을 것이다. 신경 쓰지 말고 휴대전화를 달라고 한다. 화면에 숫자가 있을 거다. 그러면 그 숫자를 2로 나눠본다. 그럼 숫자가 바뀐다. 이때 잘 봐야 한다. 2로 나눈 숫자가 그 사람의 휴대전화 번호다. 단위나 이런 건 신경 쓰지 말고 숫자만 본다. 숫자만. 그러면 010 같은 앞자리 번호를 뺀 번호가나와 있을 것이다.

그런 다음 자연스럽게 행동해야 한다. 당신 휴대전화를 들어서 010 같은 앞자리 번호를 넣고 상대방 전화에 마지막으로 나온 숫자를 입력해서 전화를 건다. 그러고는 곧장 전화를 돌려주는 거다. 잽싸게 해야 한다. 자연스럽게.

그럼 그 사람 휴대전화가 울릴 거다. 물론 당신이 건 전화다. 그런 다음 "안녕하세요?~"라고 인사를 건네는 거다. 약간 느끼하게 해도 좋다. 어차피 당신 행동이 좀 들이대는 거니까.

실제로 해 보기 전에 친구하고 연습을 좀 해본다. 자연스럽게 말이 나오고 행동이 될 때까지. "어떻게?"라고 묻지 말고 그냥 연습을 해본다. 자연스럽게 술술 말이 나올 때까지.

요즘 말로 '저절로 드립이 쳐질 때까지' 말이다. 마술이든 자신감이든 눈 감고도 할 수 있을 만큼 연습을 많이 해야 한다.

마이클 조던Michael Jeffrey Jordan이라고 연습도 안 하고 눈 감고 슛을 쏴서 림Rim을 통과할 수 있었을까? 어마어마하게 연습했을거다. 그런 사람도 그렇게 많이 연습했는데 우리 같은 사람들은 더 연습해야 하지 않겠는가. 안 그런가?

개방적이거나 폐쇄적이거나?
마술사는 이래저래 신비한 사람

사람들하고 보내는 시간을 좋아하는 성격이라 그동안 참 많은 사람들을 이런저런 공간, 복잡다단한 상황에서 만났다. 어떤 사람하고 꽤 오랫동안 여러 차례 만나서 대화를 나누곤 했는데 그 사람이 하루는 이런 얘기를 내게 했다. "되게 협조적인데 묘하게 보여주지 않는 게 있네요"라고. 아무래도 무대 뒤에서 공연을 준비하는 것과 무대에서 관객들에게 웃음을 선물하는 시간이 완벽하게 다른 시간이고 그걸 직업으로 삼는 사람이다 보니 그렇게 보였던가 보다. 백 스테이지까지 관객들에게는 보여줄 수는 없으니.

그 얘기를 듣고 나서 이런저런 생각을 또 하게 됐다. 〈길〉이라는 옛날 영화가 있다. 여기저기를 떠돌아다니면서 공연을 하는 차력사에 대한 영화인데 앤서니 퀸Anthony Quinn이라는 대배우가 주인공이었다. 차력 공연도 하고 마술도 하는 떠돌이 생계형 아티스트였다. '젤소미나'라는 키 작은 여성을 조수처럼 데리고 다녔는데, 앤서니 퀸이라는 배우가 워낙에 선이 굵은 상남자 같은 이미지여서 두 주인공의 대비가 무척 강렬했던 기억이 있다.

'보여주지 않는 구석이 있는 것 같다'라고 얘기하던 그분이 하는 말이 앤소니 퀸처럼 웃고 있는 데 슬퍼 보이는 이중적인 느낌을 준다고 했다. '페이소스'라고 하는 그런 감정이겠지 싶다. 사람 사는 게 그렇지 않을까. 굉장히 밝은 성격이고, 사람들하고 활달하게 웃고 이야기하는 걸 좋아하지만, 항상 그렇게 유쾌하게만 살 수는 없는 노릇이다. '행복하고 싶다'라는 게 삶의 상당 부분이 그렇지 않으니까 생기는 바람일 테니까.

'행복하다'는 감정은 무언가를 순수하게 대할 때 느껴진다. 이를테면 마술을 하면서 행복한 건 내 공연을 보면서 즐거워하는 사람들 덕분이고, 이 공연들로 인해서 좋은 사람들, 반가운 인연들을 만나서 그 관계를 계속 이어가려고 하는 순수한 마음 때문일 거다.

그런데, '순수하다'는 게 그냥 아무것도 접하지 않아서 순진하고 깨끗한 걸까? 아니면 많이 채이고 긁히며 수많은 상처를 입어서 그걸 열심히 치료하고 닦아서 깨끗한 걸까? 나는 '후자' 같다고 여긴다. 마술을 하다 보면 별의별 사람들을 다 만나게 된다. 내가 생각해도 공연이 참 재미있는데 팔짱을 끼고 '어디 한번 웃겨봐'라고 싸늘하게 웃는 사람들이 꼭 한 명씩은 있다. 솔직히 딱밤 한 대 날리고 싶다. 그렇게 싸늘한 표정인 사람들이 내 공연을 보면서 표정이 조금씩 풀리고, 나중에는 손뼉을 치면서 웃고 좋아하는 걸 보면 그것처럼 기쁘고 행복한 것도 없지 싶다. 생각해 보면 '행복감'을 느끼는 건 짧은 '순간'이지만 그 순간에 도달하기 위해서 보내는 시간, 과정, 긴장감이 좋다. 그래서 내가 '주로 행복'한가 보다.

만약에 '나는 왜 이렇게 불행할까?' 싶은 마음에서 벗어나기 힘들다면 행복한 순간을 떠올리고 그렇게 되기 위한 과정을 즐겨보는 연습을 해보면 어떨까? 1분One Minute이라는 시간은 어떤 경우에는 아주 짧지만 또 어떤 상황에서는 세상 지겨운 시간인 것처럼, 우리가 '행복해'라는 느낌을 갖는 그 순간에 이르는 과정을 즐겨보면 좀 더 행복해질 거다. 엘리베이터에서 화살표 움직이는 걸 지켜보고 있는 1분은 굉장히 길지만, 라면에 물 올려놓고 끓는 것 기다리는 1분은 그렇지 않

은 것처럼. 그러니까 행복감을 느끼기 위한 시간도 즐겨보는

연습을 해보는 거다. 오케이?

늘 추구하는 주제, '재미있는 거 뭐 없나?'

소제목이 좀 약간의 '어그로'이긴 하지만, 한동안 내 공연의 주제였다. '뭐 재미있는 거 없나?' 이렇게 말하면 다들 흠칫 놀란다. '아아니~ 세상에나 뭐 그런….' 이런 표정으로 말이다. 그런데 여기서 내 얘기를 깊게 해도 뭐랄 사람은 없겠지?

군대에 있을 때에는 '빨리 국방부 시계야 돌아라'라고 여기고만 했었는데, 막상 제대를 하고 나니까 삶이라는 게 엇비슷한 일상이 또 반복될 거라는 게 보였다. 물론 싫은 일을 억지로 하거나 하는 것은 아니지만. 그래서 '뭐 재미있는 거 없나?' 싶어서 이리저리 두리번거리다 보니 아무런 연고도 없는 호주로 떠나게 된 것이었다. 한창 젊어서였는지 그 도전이 너무나 흥미로웠고 재미있는 하루하루였다.

자, 여기서 우리가 같이 짚고 넘어가야 할 얘기를 한번 해보자. 재미있게 살면, 진지하지 않은 것일까? '아마도' 이렇게 생각하는 사람도 제법 많을 거다. 그럼 이렇게 다시 물어보겠다. 인생을 한없이 가볍고 경박하게 살면 재미있는 걸까? '글쎄…' 이렇게 여기는 사람도 있기는 있을 거다.

하지만 재미있게 산다고 해서 인생을 경박하게 사는 건 '전혀' 아니다. 아무리 재미있게 산다손 치더라도 삶이라는 건 책임져야 할 것들이 줄어들지를 않고 늘어만 가는 것이고, 이걸 어떻게든 하나씩 둘씩 해결해 나가는 과정이 아닐까? 단지 그 '일상의 과정'에서 흥미를 잃고 싶지 않았고, 이왕이면 재미를 찾을 수 있는 방법을 고민했던 거다.

내 반쪽인 은경과의 이야기를 해볼까 한다. 처음에 우리는 마술사와 관객으로 만났지만 이런저런 우연이 겹치면서 함께 여행을 다니면서 공연을 하게 되었다. 관객이었다가 그 후에는 내 공연을 촬영하고, 함께 구상을 하는 PD였다가 엄청난 지진을 겪어내면서 그 와중에 내가 청혼을 했고 우리는 결혼했다.

당장 바로 몇 분 후에 죽을 지도 모르는 와중에 재미가 생각이 났겠는가. 언제 죽을지도 모르는 상황이라 괜한 호기를 부려서 '우리 살아서 나갈 수 있으면 결혼하자'고 했겠는가.

아무리 재미있는 걸 좋아하고 추구하는 사람이라도 그럴 수 있겠냐는 것이다.

아니다. 나는 사랑하는 사람과 죽을 고비에서 청혼했던 것이고, 그 결혼에서 마법같이 아이들도 갖게 되었다. 행복한 일이다. 너무나 꿈결 같은 순간순간이다. 문득 그런 생각을 또 하게 되었다. '행복한 게 반드시 재미있는 것만은 아니겠구나' 하는 그런 생각. 결혼과 출산, 그리고 육아라는 건 우리 부부 두 사람이 책임져야 할 귀중한 의무이기도 한데 어떻게 이 과정이 마냥 재미있겠는가. 행복한 의무일 것이고 그 중간중간에 은경과 아이들 덕분에 재미있는 순간도 들어 있다. 바닷가 모래 속에 하얗고 예쁜 삿갓 조개껍데기가 들어 있는 것처럼.

물론 처음 겪어보는 육아에 힘든 순간들도 있다. 뭐 나만 그렇겠는가. 아내도 그렇고, 우리 애들도 커가면서 그런 순간들을 만나게 될 테고, 기억은 차곡차곡 쌓일 거다. 다들 그렇게 사는 거니까. '행복하고 싶다'라는 마음이 간절한 것은 우리의 삶 대부분이 행복하지 않기 때문일 테니까.

나는 지금
문^門을 지나고 있다?

살면서 '재미'라는 걸 추구하는 것에 대해서 죄책감 같은 것을 느낄 필요는 없다. 내가 재밌고 즐거워야 내 공연을 보는 사람들도 재미를 느끼고 즐거울 테니까. 내가 재미없는데 그 공연을 보고서 웃을 사람이 한 명이라도 있을까? 그럴 수는 없다. 마술사를 업으로 살아가는 다른 친구들에게 '새로운 아이디어를 알려줄까? 말까?'를 고민하면서도 이런저런 시도를 했고 '무료 공연 봉사'라는 것을 하게 되었다. 명확한 결론을 내리고 하게 된 게 아니라 '이렇게 해보면 답이 보이지 않을까?' 하는 나름 절박한 생각을 하게 된 거다.

나는 지금 문 하나를 지나고 있는 모양이다. 뭐 아니면 어쩌겠는가. 답을 아직도 모르겠다 싶은 질문이 있는 데 그것에만 빠져 있으면 다른 것을 할 수 없는데, 그냥 이런저런 몸부림을 치고, 이렇게 저렇게 뭔가를 시도하다 보면 답이 나올 거라고 믿는다.

아는 사람도 없고, 앞 일이 어떻게 될지 아무것도 알 수 없었지만 그냥 '가보지 뭐'라고 호주로 날아갔던 스무 살 무렵의 내가 그랬던 것처럼. 인생에서 어떤 의미를 찾는 게 다양한 측면이 있겠지만 나는 무언가를 끊임없이 시도하는 과정에 있다고 여긴다. 그냥 그렇다는 거다. 인생이 '열어봐'라고 내 앞을 가로막는 많은 문門을 세워놓는데 그 문 앞에 앉아서 많은 생각을 하고 고민하는 것도 좋은 방법이겠지만, 문은 그저 통과하는 것이지 여긴다. 지금까지 겪었던 여러 개의 문과는 종류가 약간 다른 문을 지나고 있나 보다.

더 많은 문을 지났다는 것은 더 많은 생각, 더 깊은 고민을 했다는 것이겠지? 조금 더 큰 사람, 조금 더 나은 어른이 되어간다고 여긴다. 그런 사람이 되기 위해서는 내가 도움을 줄 수 있는 사람들에게 얘기해 줄 수 있는 것들은 다 해주고 '더 좋은 아이디어를 만들어보자'라는 마음을 발판 삼아야지 싶다. 다들 엇비슷한 고민을 한두 번 정도는 해 봤을 텐데, 안타까운 게 지금 공연을 하는 사람들이 대부분 그런 고민 끝에서 태어나는 '자기 것'을 기반으로 관객들을 만나는 게 아니라 어떻게 잘 베껴올까에 관심이 많은 것처럼 보인다.

꼭 '아주 나쁜 일'이라고만 할 생각은 없지만 좀 크게 봐야 하지 않을까. 남들이 고민해서 만든 아이디어로 공연하는 사람들이 점점 더 많아지면 결국 관객들이 보는 공연은 '비슷비슷한데?'라고 여길 수밖에 없게 되고, 그러면 '뭐 뻔할 건데'라는 마음으로 이어지며, 공연을 보는 사람들도 점점 줄어들게 될 거다. 그리 어려운 이치도 아니지 않는가.

호주나 다른 외국에서 공연을 하면서도 그런 걸 종종 깨달을 수 있었다. 한 곳에서 며칠씩 머물면서 공연하다 보면 조금이라도 낯이 익은 사람들이 눈에 들어오는데, 그들이 전에는 되게 좋아하더니만 좀 심드렁하네 하는 표정을 느낄 수 있게 된다. '나 저 마술 알아, 다음에 어떻게 될지 알지'라는 마음이 든다는 거다. 보면서 짜릿하고, 놀라운 마음이 들지 않는다면 내 공연을 보러 사람들이 오겠는가.

이건 나 혼자만의 일이 아니기도 하다. 나처럼 공연을 해서 관객들에게 기쁨을 주는 사람들이 남들의 아이디어를 잘 베껴서 고만고만한 마술, 공연을 해서 결국은 '마술? 그게 그거지. 뻔해'라고 여기게 된다면 모두 망하는 일이 생길 테니까. 내 공연이 내 아이디어에 관심 있는 사람들보다 훨씬 낫다고 말하고 싶지는 않지만 같이 고민해 보자. 중요한 문제

이니까라고 얘기를 꼭 하고 싶다. 다른 어떤 직업, 어떤 사람들보다 창의적인 사람들이 공연자들이고 마술사들이니까. 하지만 뭔가 남들은 하지 않는 것들을 고민하지 않는다면 그게 평범한 직장 생활을 하는 사람들과 뭐가 다르고, 또 누구에게인가 기쁨주는 공연을 할 수 있겠느냐는 거다.

너는 네가
창의적이라고 생각해?

마술에 대한 관심이 예전보다는 많아졌는데 그중에는 '어떻게 하면 창의적인 사람이 될 수 있을까?'를 고민하는 이들도 많다. 큰 회사를 운영하시는 어떤 분을 네팔에서 만났는데 그분도 "어떻게 그런 생각을 할 수 있지? 역시 마술사들은 창의적인 사람이야"라면서 창의력에 관심이 많다고 하셨다.

마술이 아무래도 창의적인 아이디어가 많이 필요한 작업이다 보니까 그런 생각을 많이들 하는 것 같다. "창의적이군요"라는 말을 들어서 기분 나쁜 사람은 아마 없겠지? 내심 말은 하지 않아도 이런저런 방법을 고민해 보는 사람들도 제법 있을 거다. 여기서 질문 하나.

"당신은 스스로 창의적이라고 생각하나요?"

'창의적'인 사람이 되고 싶다면 가장 쉬운 방법은 고정관념을 버리는 거다. 다시 말해 '당연히 그렇겠지'라는 생각을 버리는 것이다. 마술사가 그런 사람들이다. 하지만 직업적으로 창의적이어야 하는 마술사들도 '그게 가능한가?' 싶은 일들을 종종 목격하는데, 다른 마술사의 공연이나 영상을 보면서도 그렇지만 마술과는 전혀 관계가 없는 분야, 사람들에게서도 그런 놀라움을 느끼게 되는 일도 많다.

넷플릭스에서 세계적으로 인기를 끌었던 우리 드라마가 몇 개 있다. 그중에서도 〈오징어 게임〉과 〈지금 우리 학교는〉이라는 드라마를 재미있게 봤다. 나중에 알고는 깜짝 놀랐던 포인트가 있었다.

〈오징어 게임〉에서는 어떻게든 악착같이 살아남으려고 발악을 하는 부잣집 딸 역할을 했던 배우를 보면서 '참 독하다 저 사람'이라고 여기게 만들었는데, 〈지금 우리 학교는〉에서는 그 정반대의 캐릭터가 있었다. 그런데 그 두 캐릭터를 한 명의 배우가 연기했다는 사실에 정말 놀랐었다.

더 놀라운 건 두 드라마가 동시에 촬영을 하고 있었다는 것이다. 그러니까 〈오징어 게임〉의 생존의지가 가득한 부잣집 딸과, 살고 싶은 의지라고는 아예 없어 보이는 캐릭터를 동시에 연기하고 있었다는 거다. 나만 그렇게 놀란 게 아닌 모양이었다. 인터넷에서도 '이유미'라는 이 배우에 대한 포스트가 올라오곤 했다.

공연을 좀 더 풍부하게 하기 위해서 춤을 배우러 다니기도 하고, 연기도 틈틈이 연습하다 보니 이유미라는 배우의 연기를 알게 되니까 소름이 돋기도 했다. 정말 배우는 배우로구나 싶었다. 흔히 '메쏘드 연기'라는 말을 하는데, 광기가 느껴질 정도로 압도적인 표정과 대사를 쏟아내는 연기에 대해서 찬사가 많은데 물론 나도 그런 연기처럼 관객들이 몰입할 수 있게 공연을 할 수 있었으면 좋겠다.

전에 〈나의 아저씨〉라는 드라마에서 신구 선생님이 연기하는 회장님의 모습에서 그런 느낌을 또 한 번 받았다. 높낮이도 크게 없는 목소리로 차분하게 몇 마디를 하는데 듣다가 소름이 쫙 돋았다. '주인공과 나쁜 캐릭터가 겪고 있는 갈등을 이미 신구 선생님은 다 알고 계셨으면서도 조용히 지켜보고 있었구나' 하는 걸 나중에 알게 됐던 장면에서 말이다. 대배우라는 건 저런 것이로구나 싶었다.

'천만 배우'라고 하는 영화배우 황정민이 자기 연기에 대해서 얘기하는 것도 참 고민해 볼 게 많다. 자기는 영화 대본을 받으면 대본에다 '왜?'라고 쓰고, 연기할 캐릭터의 이름에다 볼펜으로 자기 이름을 덧쓴다고 한다. 그냥 감정 이입을 해서 혼신의 힘으로 열연하는 것도 중요하지만 '왜 그 장면에서 이런 대사를 할까? 그전에는 무슨 이야기가 있길래? 이 장면 이후에는 어떤 일들이 일어나게 될까?'를 전체적으로 생각하면서 대본을 읽는다는 거다. '어떤 성장과정과 경험을 갖고 있는 인물일까? 어떻게 변화를 겪게 될까?'를 예상하면서 그 캐릭터의 맥락을 찾아 들어가는 게 배우의 연기력을 깊게 해준다고 했다. 정말 공감이 가는 말이다. 대사를 외워서 하는 연기하고, 그 캐릭터의 과거 경험을 알고 어떻게 변화를 겪을 것인가를 예상하면서 연기하는 것과 비교가 될 수가 있을까.

그런게 바로 '창의성'이고 '창의적인 사람'이 되는 길이라고 여긴다. 내 공연이 다른 마술사들에게서는 볼 수 없는 레퍼토리가 가득하고, 전에 만나보지 못했던 마술사라는 평가를 듣고 싶기 때문이다. 누구도 겪어보지 못한 스토리로 가득한 사람, 그런 마술사가 만들어내는 흥미진진한 공연, 상상만으로도 즐거워서 꼭 실제로도 구경하고 싶지 않을까?

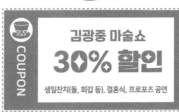

김광중 마술쇼
30% 할인
생일잔치(돌, 회갑 등), 결혼식, 프로포즈 공연

COUPON

나를 안아주는 체조

이건 전에 어떤 형님한테 배운 건데 한번 따라 해 보셨으면 좋겠다. 내가 나를 막 때리고 싶을 정도로 밉고, 한심스러울 때 하면 좋은 체조라고 한다.

우선 자리에서 일어나서 앞을 보고 똑바로 선다.

그런 다음, 양 팔을 옆으로 쫙~ 하고 벌린다.

이번에는 벌린 양쪽 팔을 반대쪽으로 쭈욱~ 당겨본다.

이 동작을 네댓 번 더 한다.

그런 다음

왼쪽 팔을 쭈욱 당겨서 오른쪽 겨드랑이 쪽에 대본다.

그냥 시키는 대로 해보라. 했는가?

그럼 그 상태로 오른쪽 팔을 왼쪽 겨드랑이 아래로 대본다.

팔이 무척 당기는가? 당연하다. 사람이 문어는 아니니까.

그 상태에서 겨드랑이 밑에 붙인 손을 위아래로 천천히 움직여본다.

느낌이 좀 이상하지? 괜찮아 그냥 그렇게 해본다.

그리고 이렇게 중얼거린다.

"괜찮아. 너는 잘할 수 있어. 지금은 잠깐 좀 힘든 거니까 참고 잘하자. 파이팅!"

이렇게 얘기해 보는 거다. 누가 듣지 않는 곳에서.

쉽 둘, 갖고 싶으면 먼저 줘라?

한국의 '떼창'이라는 것을 경험한 팝 가수들은 그 경험을 결코 잊지 못한다고 한다. 공연자는 한 명이지만 한 명의 공연자가 보낸 무언가가 다수의 관객들에게서 한꺼번에 되돌아오면 온몸이 떨릴 정도의 울림이 되기도 한다는 것이다.

그 울림이 더욱 큰 원동력이 돼서 다시 관객들에게로 돌아간다. 어떻게 해서든 관객들과 더 많이 대화하고, 소통하려고 하는 이유가 거기에 있다. 그게 더 재미있고 훨씬 호응이 좋은 공연이기 때문이다.

나 또한 공연을 보고 열광적으로 좋아해 주는 관객이 많을수록 마술이 더욱 잘 되더라는 것을 오래도록 경험해왔다.

그것이 너무나 좋다. 공연을 보며 즐거워하는 관객들의 반응, 그것을 더 많이 갖고 싶다. 그래서 거리에 나서는 것인지도 모르겠다. '갖고 싶으면 먼저 줘라'라고 하지 않는가. 존중받고 싶으면 상대방을 먼저 존중해 주라는 말도 같은 맥락이라고 생각한다. 갖고는 싶은데 줄 의향이 없다면? 그거, 도둑놈 심보가 아닐까?

그럼에도
그러하기
때문에

마술에는
이야기가 있어야 한다

혹시 아실지도 모르겠으나 방송 출연을 몇 번 했었고, 다큐도 몇 번 찍었다. 유튜브에 '거리공연가 김광중'이라고 쳐보면 나온다. '좋아요' '구독' '알림 설정'까지 부탁한다.

〈취미로 먹고 산다 시즌3〉에서 '거리공연가'로 소개되었던 내 모습

말은 이렇게 했지만 쑥스럽다. 〈한국직업방송〉이라는 방송국에서 시리즈로 만든 다큐인데 주인공으로 출연했다. 방송에 나왔다는 것도 즐거운 추억이지만 '버스커 마술사라는 내 일이 분명한 직업으로 인정받게 됐구나' 하는 걸 확인할 수 있었던 것도 큰 보람인 셈이다.

이것 말고도 유튜브의 수많은 동영상 중에는 예전에 찍었던 〈거리의 달[1]〉이라는 짧은 유튜브, '거리 마술사 김광중' 다큐멘터리가 한편 있다. 영상을 만든다는 두 친구가 만든 것인데, 호주에서 돌아와 우리나라에서는 처음으로 길거리 공연, 즉 '버스킹'을 하던 내가 많이 신기해 보였는지 '찍어보고 싶다'고 해서 색다른 경험이 될 것 같아 촬영에 응했었다.

당시 재미있게 찍었는데 막상 편집이 끝난 다큐를 보니 괜히 내 모습이 짠해 보이는 느낌이 들기도 했었다. 책을 쓰려고 오랜만에 이런저런 것들을 찾다가 그 다큐를 다시 보게 됐다. 오랜만이라 '내가 저 때는 저랬구나' 싶었다. 그 다큐를 보면서 다시 하게 된 생각인데, 거리에서의 버스킹이든 다큐이든 사람들에게 기억에 남으려면 가장 중요한 것이 '그 사람 만의 이야기'로구나 싶었다.

---

1 https://www.youtube.com/watch?v=_v0YMDS7axc

TV 쇼나 이미 만들어진 정식 무대에서 마술공연을 하는 경우에는 사람들이 자연스럽게 주목한다. 하지만 길거리에서 하는 버스킹은 마술을 한다고 해서 사람들이 쉽게 쳐다보는 일은 별로 없어서 내가 "두 유 라이크 매직?"이라고 외친다거나 혹은 앰프를 켜서 잡음을 일부러 좀 내는 식으로 사람들의 첫 관심을 하나하나 끌어모아야 하기 때문에 공연 중에 말도 많이 하는 편이다. 심지어는 마카레나 같은 세계적으로 유행했던 춤을 추기도 하는데, 다큐에서도 나왔지만 사람들에게 재미있는 공연을 보여주기 위해서 따로 학원에 가서 춤을 배우기도 한다. "재미있잖아요"라고 말은 했지만 사실 이유가 그뿐만은 아니다.

공연에서 말을 하고 심지어 춤을 추기도 하는 이유는 마술이든 댄스 공연이든 모두 관객들과 공연자가 '함께 만드는 이야기'라고 여기기 때문이다. 거리에서 하는 공연은 그날 그날이 모두 다르고 심지어는 시간 시간마다 다 분위기가 다르다. 방금 전까지 사람들이 호기심 어린 눈으로 손뼉을 치면서 재미있게 공연하고 있는데 갑자기 나타난 노숙자 한 명 때문에 분위기가 갑분싸가 되기도 하고, 이제는 그런 일을 거의 겪지는 않지만 그 장소의 관계자가 나타나서 잡상인 취급을 하면서 나가라고 하는 경우에는 기껏 살려놓은 공연 분위기가 한

순간에 망쳐지기도 한다.

　아무 말도 하지 않고, 일부러 무표정하거나 엄숙하게 공연하기가 현실적으로 어렵기도 하거니와 무엇보다 관객들이 내 공연에 깊게 빠져들어 그들로 하여금 호응과 관심을 이끌어내기 위한 장치의 하나로 코미디도 하고, 말도 하고 춤을 추기도 한다.

　무엇보다 경험적으로 그래야 관객들이 더 재미있어 한다. 보는 사람이 흥이 나고 재미있어야 나도 덩달아 힘이 나고 몸에서 에너지가 쏟아질 수 있는 법이니까 말이다. 아무 호응도 없는 공연을 혼자서 덩그러니 해내야 하는 날에는 체력도 빨리 떨어지는 느낌이 든다. 버스커들에게 있어서 사람들의 관심이야말로 흥이 나게 만드는 가장 직접적이고 중요한 원동력이니까.

　그중에서도 가장 큰 이유는 내 공연이 '이야기'를 담고 있어서 사람들에게 어떠한 메시지를 전달할 수 있기를 바라는 마음이 제일 크다. 그냥 신기하고 재미있는 마술을 여러 개 전시하듯 보여주는 단순한 마술이 아니라 보고 나면 오래도록 머릿속에 기억되고, 가슴속에 남아 있는 느낌적인 느낌이 있는 공연을 하고 싶었다.

　이를테면 어렸을 적에 봤던 데이비드 카퍼필드의 마술에

그림을 그리는 화가와 그가 그린 그림 속에 있는 한 여성이 현실로 등장하는 스토리가 담겨 있었다. 화가가 그린 그림 속 여인이 그림 뒤로 들어갔다 나오면 나이 든 부인의 모습으로 화가의 옆에 나타나기도 했다가, 반대로 젊은 시절의 아름다운 모습으로 바뀌어서 다시 화가에게로 다가오는 그런 마술이었다.

같은 마술사의 입장에서 볼 때 기술적으로는 아주 간단한 것이지만 지금까지도 아련하고 뭔가 애틋하면서도 쓸쓸한 느낌을 불러일으키는 그런 마술이라 아직도 기억에 또렷하게 남아 있다. 내 공연이 그런 것이었으면 한다. 재미있어서 손뼉을 치며 깔깔거릴 수 있어야 하지만, 한편으로는 오래도록 기억이 날 수 있는 이야기가 있고 어떠한 메시지가 있는 그런 마술을 하는 사람으로….

그런 공연을 만들기 위해서 드라마나 영화의 배우들이 어떻게 연기를 하는지를 유심히 보는 편이다. 자기가 맡은 분량의 장면을 잘 만들기 위해서 대사를 철저하게 암기하는 것만으로 '좋은 장면'이나 '훌륭한 배우'가 되는 것이 아니라는 사실은 나 자신도 잘 알고 있기 때문에 좋은 배우들이 어떻게 관객들이 한순간도 시선을 뗄 수 없게 하는 지가 내 연구 대상이 되는 셈이다. 내 공연에 어떠한 스토리와 메시지를 담는다면 그것을 관객들에게 잘 전달하기 위해서 공연 전체를 머릿속에 담아두고 기승전결의 흐름 속에서 어떤 마술을 하고, 어떤 순간에 춤을 추는 게 좋은가에 대한 스토리를 만들 수 있는 좋은 공부가 되기도 한다.

그렇게 좋은 영화, 잘 된 드라마를 보면서 '저 대사가 혹시 애드리브는 아닐까?' 혹은 '저기서 저런 표정, 눈빛을 할 수 있는 건 저 사람밖에 없을 거야'라는 생각의 끝에는 항상 '나도 저렇게 보는 사람들을 확 휘어잡는 공연을 해야겠다'라는 욕심을 갖게 된다. 물론 타고난 재능이 있어야 하겠지만. 사람들의 기억에 남는 공연을 하기 위해서 제일 중요한 것은 관객들이 아닐까 싶다.

사람들이 바쁜 와중에 나를 돌아보고, 내 공연을 즐기며, 내 마술을 보면서 손뼉을 치고 웃어주는 그 자체가 '투자'가 아닐까. 스마트폰을 보거나, 그냥 지나가버리거나 혹은 내 공연이 아닌 다른 무언가에 시선을 두고 관심을 줄 수도 있지만, 굳이 내 공연을 보는 것 자체가 그 사람들이 '내 시간을 당신에게 투자하니 그만한 가치를 내게 돌려주세요'라는 분명하지만 숨겨져 있는 요구라고 여긴다. 그래서 늘 나는 관객들이 내 공연을 통해서 '볼만한 가치가 있었어'라고 흡족해하는 공연을 만드는 숙제를 해야 한다.

남다르다는 것은
남과 다른 무엇을 했다는 것

그동안 굉장히 많은 나라에서 버스킹을 해왔는데 '세상에는 참 많은 버스커들이 있구나' 하는 생각을 여러 번 했었다. '저 나이에 마술을 한단 말이야?' 싶어 깜짝 놀라게 했던 깜찍한 꼬마 마술사의 공연을 보면서 손뼉을 쳤던 기억도 있고, 호주의 길거리에서 피아노를 치시던 그 할아버지도 놀랍고 색다른 경험 중의 하나였다.

그 많은 마술사들과 차력사들과 퍼포먼서들과 버스커들에게 하나의 공통점이 있더라는 사실이 무척이나 인상적이었다. 같은 일을 하는 사람의 한 명으로서도 상당한 심리적 자극이 되기도 했던 그것은 '남다른 무언가'를 끊임없이 갈망하는 사람들이라는 점이었다. 카드 마술을 하더라도 남들이 하지 않는 것을 하기 위해서 머리를 싸매고 연구하는 사람들이 마술사들이기 때문이다. 그래서 '어떻게 하면 남다른 공연을 할 수 있을까?'라는 고민은 내게도 늘 풀어야 하는 숙제 중 하나다.

'남다르다는 것은 남과 다른 무언가를 했다는 것'이라는 의미인데, 이를 하기 힘든 것은 아마도 계속 새로운 궁리를 해야 하기 때문이다. 남과 같은 생각, 남과 다르지 않은 행동을 반복하면서 남과 다른 결과가 나오기를 바라는 것만큼 어리석은 것도 없을 테니까. 그래도 10년 넘게 버스커 마술사로 살아올 수 있었던 이유 중에서는 '내가 남다른 무언가가 있고 그것이 남과 다른 무언가를 했기 때문이 아닐까?'

그것의 시작점에는 '자기 일을 스스로 알아서 한다'는 집안 분위기가 있을 것 같다. 우리 부모님은 어렸을 적부터 '이걸 해라, 저건 하지 말아라'라는 말씀을 거의 안 하셨다. 덕분에 하고 싶은 장난, 해보고 싶은 거의 뭐든 하면서 자유분방한 어린 시절을 보냈던 기억이 있다. 그런 즐거운 어린 시절에도 뭔가 부족한 것이 없지는 않아서 가끔 이런저런 이유로 용돈이 모자라면 나무젓가락에 고무줄을 감아서 고무줄총을 만들어 친구들에게 팔아서 용돈을 벌거나, 급식에서 남은 우유를 모아서 학교 앞 분식점 아주머니에게 싸게 파는 '수

완'을 부리기도 했었다. 이 얘기를 듣던 친구는 '많이 남달랐네'라며 놀리기도 했다.

중학생이 되어서는 난데없이 패스트푸드점 아르바이트가 괜히 멋져 보여서 꼭 한번 해보고 싶었는데 '나이가 어려서 안돼요'라는 이유로 번번이 퇴짜를 맞아서 포기했던 속상했던 기억도 있다. 거의 생애 처음으로 만났던 좌절의 높은 벽이 아니었을까 싶다.

패스트푸드 아르바이트를 퇴짜 맞기는 했어도 그렇다고 뭔가를 저지르고 싶었던 마음이 사라진 것은 아니어서 한번은 엑스트라 아르바이트를 한 적도 있었다. 영화배우 임창정도 엑스트라로 시작해서 대박이 난 경우라고 해서 내심 '나도?'라고 기대를 갖기는 했는데, 뭐 그다지 별 볼일 없이 그냥 '제법 짭짤한 용돈'을 벌었던 기억 정도로 나의 남다른 어린 시절의 기억은 끝났다.

하지만 장애우들과의 즐거운 추억이 나를 '마술'이라는 평생의 길로 접어들게 만들었던 것도 빼놓을 수 없는 '남다른 무언가'의 한 가지인 것은 물론이다.

이에 덧붙여서 '남다른 무언가를 하라'는 것이 단지 인생을 보다 즐겁게 살기 위한 목적인 것만은 아니라는 얘기도 하고 싶다. 공연을 시작하기 전에 앰프를 점검하고, 소품들을 옮기는 것을 보면 호기심 많은 분들은 흘끔흘끔 쳐다보고 지나친다. 공연시간이 다가올수록 그런 호기심 어린 눈빛은 더 많아지지만 무슨 공연을 할지 알지는 못한다. 마술사에게 있어서 뻔하고 지루함만큼 참기 힘든 것은 없으니까.

다른 마술사에게서, 다른 공연에서는 볼 수 없는 마술을 선보이려고 준비하고 반복해서 눈을 감고도 완벽하게 할 수 있을 정도로 노력했다고 해도 관객 앞에서 그것을 행하기 전에는 아무도 알 수 없는 노릇이다. 눈으로 볼 수 있도록 밖으로 드러내서 무언가를 하지 않으면 사람들은 알 수가 없으니까.

왜 이런 뻔한 말을 하는가? 인간관계의 갈등 때문에 생긴 고민이든, 오랜 시간 동안 준비한 무언가를 성취해야 하는 과정을 앞두고 있든 그걸 직접 행동으로 옮기지 않는 한 아무 것도 달라지지 않고, 아무것도 일어나지 않는다는 걸 다시 한 번 말하고 싶다.

만약 죽은 사람을 살리는 마술을 정말로 배워서 익혔더라도 그걸 볼 수 있게끔 드러내지 않는다면 사람들이 어떻게 알겠는가. 정말로 좋은 마음, 걱정스러운 생각으로 안타까움을 마음속에 가득 담고 있다고 해도 상대방에게 표현하지 않으면 그걸 어떻게 알 수 있을까?

마술을 하는 나도, 구경하는 관객들도 우리 중 어느 누구도 사람의 마음을 꿰뚫어 보는 능력을 가진 사람은 없다. 계속 말하지만 행동하지 않으면 아무도 알 수 없고, 아무도 알지 못하는 것은 원하는 결과를 만들어 낼 수도 없는 법이다. 남다른 결과를 원한다면 남다른 행동을 해야 한다. 반드시. 나 자신에게도 늘 해주는 말이다. "남들이 못하는 공연을 하고 싶다고? 남들이 하지 않는 노력을 해야지 이 사람아."

세상에서 제일
위험한 사람은?

버스킹 공연은 관객들의 반응을 실시간으로 직접 느낄 수 있다는 게 가장 큰 장점이다. 내 마술을 보면서 활짝 웃는 사람들을 보며 나 역시 기쁘고 즐겁지만 가끔씩 팔짱을 끼고 심각한 표정으로 공연을 보는 사람이 있으면 작정을 하고 그 사람의 얼굴에서 파안대소破顔大笑가 나올 수 있도록 더 열심히 하는 자극제가 되기도 한다.

어느 날의 공연에서인가 관객 한 분이 정말로 심각한 표정으로 구경하고 계셨다. 그분은 마술에 대한 반응이 점점 높아지고 있는 데에도 그분은 전혀 웃지를 않는 것이었다. 나도 오기가 생겨서 '이래도 안 웃어?'라고 정말 열심히 저글링하고 마술을 했지만, 결국 그분은 웃지를 않고 묵묵히 박수

멈추지 않고 열정적으로 살았던 날들에 대한 인정이라고
생각하는 상(償), 그것도 금상

만 쳤다. 희한한 것이 보통 그렇게 웃지도 않고, 반응도 없는
분들은 공연을 조금 보다가 그냥 자리를 뜨는 것이 일반적인
데 그분은 그냥 공연을 끝까지 물끄러미 지켜보면서도 손뼉
을 치는 것이었다. 너무 이상타 싶어서 공연이 끝나고 그때
까지도 자리를 지키고 있던 그분에게 말을 걸었다. "공연 재
미있으셨어요?"라고. 그냥 느낌적인 느낌으로는 "예, 뭐 별
로…" 같은 심드렁한 반응도 예상하고 있었는데 정말 의외
의 반응이었다. "예, 정말로 너무 재미있게 봤어요"라고 하
는 게 아닌가.

　아니 이게 무슨 말이지 싶어서 일부러 "에이~ 한 번도 안 웃
으시던데요?"라고 익살스러운 표정을 지으며 다시 물어봤더
니 그분이 하는 말이 "너무 힘들어서 웃을 여유가 없어요" 하

시는 것이었다. 지금 와서 생각해 보면 그럴 수도 있겠다 싶었지만 당시로써는 "아 … 예 …"라고 반응할 수밖에 없었다.

그분을 계기로 '세상의 수많은 사람들이 저마다 제각각 다른 사연을 안고 살고 있는데 어떻게 그 하나하나의 마음을 꿰뚫고 예상할 수 있을까?' 하는 생각을 해보았다. 무언가를 경험해 봤다고 해서 다 안다고 여기진 말자. 그냥 보기에는 내가 했던 것과 같은 경험처럼 보여도 전혀 다른 상황일 수도 있으니까. 하고 싶은 건 '공감'이지 '강의'는 아니니까. "세상에서 제일 위험한 사람은 누구일까요?"라고 물으니 누가 그러더란다.

'책 한 권 읽은 사람'

생각해 보니 참 맞는 말인 것 같다. 배워도 배워도 끝이 없는 게 공부고, 연습하고 또 연습해도 늘 부족한 게 거리 공연인 것처럼.

"거리 공연은 돈이 되나요?"

이런 질문을 무척 많이 받는데 그럴 때마다 "열정을 보여주는 만큼 반응이 오는 게 거리 공연이기 때문에 제가 하기 나름이에요"라고 대답하곤 한다. '거리'라는 표현이 참 흥미롭다고 여기는데, '거리만큼 솔직하고, 가식 없는 장소가 있을까?' 싶어진다.

거리에서는 반응이 즉각적이고, 직설적이다. 누군가의 공연이 만족스럽다면 박수가 쏟아지지만 이름이 좀 알려져 있는 사람이라고 해도 공연이 만족스럽지 못하면 시작할 때의 우호적인 시선과는 판이하게 달라진다. 뒤에서 대놓고 수근거리는 곳이 바로 거리다. '야, 저 사람 TV에서와는 완전히 다르네. 편집인가 봐'라고 날선 평가를 받게 되는 곳이 공연하는 거리다. '배달의 민족' 리뷰 별 1개를 받는 것보다 더 시리고, 아프다.

'헐~ 저 사람, 완전 별로야. 시간 아까워. 킹받네'라고 하는 냉정한 무대가 바로 거리다. 이는 내 공연이 쌍방형, 소통형 공연일 수밖에 없는 근본적인 이유이기도 하다. 거리라는 무대의 성격이 그렇다. 관객과 눈높이를 맞추려 하지 않고 자기 하고 싶은 것만 하면 제아무리 잘나가는 사람의 공연이라고 하더라도 처참한 결과를 가져갈 수밖에 없는 곳이다.

공연을 잘 해내고 얼마가 됐든 관객들이 '티 박스에 동전이든 돈을 넣는다'는 것은 아주아주 어려운 일이다. 어렸을 적 봤던 햄버거 광고에서 신구 선생님이 했던 대사를 패러디 해보자면 '너희들이 거리를 알아?' 이게 내 솔직한 마음이다. 내 컨디션이 별로라서 오늘 공연은 대충 해도 된다는 핑계를 댈 수도 없고, 그걸 들어줄 사람도 없는 곳이기 때문이다. 어찌 보면 우리 모두가 지금 살고 있고, 돈을 벌고 있는 공간이 거리 아닐까?

'거리 공연이 돈이 되느냐'는 질문은 길게 돌고 돌아 결국 나라는 사람이 어떤 사람인지와 직결되는 문제라고 여긴다. 내가 하기에 따라서, 어떤 공연을 보여주고 사람들에게 어떻게 나의 열정을 잘 드러낼 수 있는가에 성패가 달려있기 때문이다.

'버스커'라는 직업이 너무나 자유롭지만 그 자유를 누리기 위해서 철저하게 전적으로 모든 것을 나 스스로의 책임 하에 할 수 있어야만 한다. 누군가에게 의지하고 기댈 수 없기 때문에 위험부담이 큰 것이 분명하지만, 버스킹의 이러한 속성이 나에게는 아주 매력적으로 다가왔다. 내 성격과 잘 맞았던 셈이다.

친구들은 아침 일곱 시에 일어나서 회사를 가지만 나는 그 시간에 일어나서 운동하고 공연 구상을 겸해서 빈둥거리며 놀고는 다시 공연하러 거리로 나선다. 친구들은 하루하루가 '다람쥐 쳇바퀴 돌 듯 반복된다'고 지루해하지만, 그런 생활을 선택했기 때문에 어느 정도 안정적인 예측 가능한 삶을 살고 있는 게 아닐까?

누구나 삶이 힘들고 버겁지 않은 사람이 없겠지만 회사 혹은 조직이라는 무리 속의 하나가 됐다는 것은 순간순간 내가 온 힘을 다하지 못해도 동료들이, 조직이라는 틀이 제공해 주는 것 속에서 비를 긋고, 바람을 피할 수 있다는 장점도 분명히 있다.

버스킹을 선택한 내게는 순간순간 온 힘을 다해서 좋은 공연을 관객들에게 보여주지 않으면, 아무것도 확실하고 예상 가능한 것이 없다. 결정적인 단점은 있지만, 대신 원하는 대로 누구의 간섭이나 속박을 받지 않고 원하는 대로 할 수 있다는 건 중요한 장점이다.

결국 어떤 길을 택하느냐의 차이일 뿐이라는 것이고 나는 전적으로 자유롭지만 모든 것을 스스로 책임지는 이 길을 택했고, 그 결과로 일반적인 코스의 삶을 선택한 사람들에게는 즉흥적이고 위험해 보일 수도 있는 다양한 시도를 할 수 있다. 결국 마술과 버스커의 삶은 선택한 이후의 나는 '자유, 책임, 도전'이라는 세 단어로 표현할 수 있을 것 같다.

기질적으로 늘 하는 공연에 누구에게도 구속받지 않고 전적으로 나의 책임 하에 행할 수 있는 자유로움이 가득 담기길 바란다. 그런 공연에 열정을 꽉꽉 눌러 담아 사람들 앞에서 그것이 터져 나오는 것을 좋아한다. '크레이지 미스터 제이'라는 이름은 그런 바람을 표현한 일종의 브랜드인 셈이다.

나에 대해 아는 것이 아무것도 없고, 내 공연에 일절 관심도 없는 사람들조차 '아 그래? 크레이지 하다구?'라며 관심 갖게 만들었으면 하는 의도를 담아 만들었기 때문이다.

앞에서도 잠깐 얘기를 했지만 웃음공장이라는 내 삶의 터전을 어떻게 하면 사업으로 잘 만들 수 있을지를 고민하고 있다. 새롭게 알게 된 '사회적 기업'이라는 한 가지 방법과 '지속 가능성'이라는 말도 요즘 나한테는 화두 중 하나가 됐다. 어떻게 하면 사랑하고 지금까지 해왔던 거리 공연과 마술을 평생 할 수 있는지, 그것을 통해서 어떻게 사람들에게 즐거움과 기쁨을 계속 전달할 수 있는지에 대한 현실적인 방법론이 나올 수 있을 것이라고 기대하면서.

몇 해 전 음악을 하는 친구와 함께 무료 방문 공연을 시작했고 나름 소기의 성과를 거둬 일을 더 확대해서 하고 있다. 물론 돈을 바라고 시작한 일이 아니기 때문에 지갑이 두둑해지는 결과를 기대할 수는 없지만 그런 시도를 이리저리 궁리하며 방법을 모색해 보고 있다. 선의善意는 훌륭하지만 계속하기 위해서는 대가代價가 필요하다고 있기 때문이다. 그 이유도 전국에 있는 양로원이나 보육원에 있는 분들에게 즐거움을 드리고 기쁨을 돌려받는 좋은 주고받음이 나와 비슷한 일을 하는 동료들에게도 '저것도 돈이 되는 방법인가 보다'라는 생각을 갖게 만들어 무료 방문 공연이 하나의 분명한 흐름으로 더욱 퍼져가기를 바란다.

요즘 내 머릿속에서 화두가 되고 있는 단어 하나가 더 있는데 그게 '시그니처'라는 것이다. 실은 TV에서 본 한 냉장고 광고를 인상 깊게 보면서 '아하! 그래~' 하는 아이디어가 떠올랐던 것인데, 내 공연에서 하는 다양한 마술과 퍼포먼스 중에서 사람들이 '크레이지 미스터 제이' 혹은 '김광중' 하면 제일 먼저 떠오르는 대표적인 것을 더욱 강조하고 싶다.

시그니처라는 단어가 의미하는 것이 바로 그런 것이라고 하는데, 이를테면 공중으로 떠오르는 테이블 마술이 내 공연의 피날레인데, 이 마술을 나를 대표하는 시그니처 마술로 할 것인지 아니면 새로운 무언가를 연구해서 그걸로 할 것인지가 꽤 오랫동안 고민이다. 어떤 아이디어를 갈고닦아서 연습을 하고 반복하다 보면 거리에서 사람들에게 그것을 선보이게 될 테고, 그것이 사람들에게 어떻게 받아들여지는지를 통해 나를 대표하는 시그니처 마술이 될 것이다. 과연 어떤 마술일까? 상상만으로도 설렌다.

'쉬운 길로 간다'는 건
비겁한 게 아니다

전에 아는 분과 이런저런 대화를 나누다가 "저는 유명해지고 싶지 않아요"라고 했더니 "유명해지려고 애써 노력할 생각은 없지만 그렇다고 저절로 유명해지는 것까지 거부할 생각은 없다는 거죠?"라고 물어보길래 "그렇죠"라고 대답했다.

생각해 보면 우리 말이 참 묘미가 있는 것 같다. 'ㅏ'가 다르고 'ㅓ'가 다르다는 말이 맞는 말이지 싶다. 버스커의 삶이 자유와 책임, 도전이라는 취지로 이야기를 하곤 하는데, 이 얘기를 '편안한 길을 버리고, 고난의 삶을 살아야 한다'로 오해하는 사람들도 있었다.

쉽고 편안한 방법이 있는 데에도 굳이 그걸 마다하고 어렵고 힘든 방법을 선택하는 걸 '도전'이라고 여기지는 않는데 우리가 살아야 하는 인생은 아주 먼 길을 걷는 것과 같기 때문에 지금 당장 죽을힘을 다해서 뛰다가는 얼마 못 가서 힘이 빠져 지쳐 쓰러지는 불상사가 생길 수도 있을 테니까. 앞으로 살아가야 하는 길에 무슨 일이 일어날지는 알 수가 없지만 그래도 짐작을 할 수 있는 부분은 분명히 있을 것이다.

만약 회사원과 같은 평범한 삶의 선택하기로 했다면 좋은 대학을 가기 위해서 공부를 더 많이 했을 것이고, 토익 점수를 높게 받기 위해서 학원을 다녔을 것이라는 짐작은 그리 어렵지 않게 할 수 있는 것처럼 말이다. 희미하지만 예상할 수 있는 내 앞길에서 만나게 될 여러 가지 관문을 통과하는 데에 내 모든 것을 쏟아부을 필요는 없다. 듣기에 따라서는 '책에 이런 얘기를 해도 되는 거야?'라며 고개를 갸웃할 사람도 분명히 있겠지 싶다.

새로운 마술을 익히고, 그걸 공연에서 선보이는 것도 그와 비슷해서 관객들이 볼 때에는 같은 마술이라고 하더라도 그것을 눈에 보이는 결과로 만드는 방법은 여러 가지가 있다. 저글링을 연습할 때에 몸 앞 양쪽에 가상의 선이 있어서 '안에서 던지고, 밖에서 받아라'와 같은 요령도 경험적으로 터득한 것을 알려드리는 것뿐이지 반드시 그 방법으로만 저글링을 익힐 수 있는 것은 절대 아니니까. 말 그대로 모범답안은 있을 수 있어도 '정답'은 없는 게 사람 사는 일이 아닐까?

쉬운 길로 돌아간다는 것은 결코 비겁한 게 아니라 현명한 것이 아닐까? 우리가 '오늘'만 사는 게 아니지 않나? 온 힘을 다해야 하지만 모든 순간을 그렇게 살 수는 없지 않은가. 대신 어떤 방법을 선택하든 그 이후에 대해서 예상해 놓을 필요는 분명히 있다는 것도 곁들이고 싶다. 우리는 종종 눈앞에 닥쳐 있는 문제를 어떻게 해결할 것인가에 너무 치중하고 골몰하다가 그것을 해결하고 난 이후에 벌어질 상황에 대해서는 전혀 생각하지 않는 경향이 있는 것 같다. 이를테면 '유명해지고 싶지 않아요'라는 내 생각은 전혀 예상하지도 않은 장소에서 '과연 그럴까?'라는 상황에 처하기도 한다.

몇 해 전 벨기에의 '겐트Ghent'라는 곳에서 개최되는 페스티벌에 참가했을 때의 일이다. 공연이 끝나고 보통은 만족스럽게 구경을 한 관객들이 동전이나 지폐를 공연자들에게 주기 마련이라 미리 모자나 바구니를 공연하는 앞에다 놓곤 하는데 그날은 '공연 잘 봤다'면서 내게 돈이 아니라 초콜릿을 선물하는 관객을 만나 즐겁게 사진을 찍은 다음 겐트의 아름다운 거리를 여기저기 구경하고 있었는데, 처음 보는 젊은 벨기에 여성이 나를 보더니 아는 척을 하는 것이다.

누구지? 당황스러웠다. 당연히 처음 보는 사람이었고 거기는 벨기에였으니까. 게다가 대도시도 아닌데. 알고 보니까 이 여자분에게 한국인 친구가 있는데 그 한국인 친구의 페이스북에서 나를 봤다는 것이었다. 처음에는 서양 사람들이 동양인 얼굴을 잘 구분하지 못해서 비슷한 사람을 착각하는 게 아닌가 싶었는데, 친구의 페이스북을 찾아서 내게 보여주는 것이 아닌가. 오 마이~갓! 정말로 내 공연 사진이 거기에 있는 것이었다. 그 덕분에 나는 벨기에 겐트에서도 팬을 만나는 나름 유명한 사람이, 즐거운 팬 인증 사진을 찍는 착한 아티스트가 될 수 있었다. 그분 말처럼 '굳이 유명해지려고 노력할 의도'는 없지만 나를 알아봐 주는 사람들이 생기면 그건 참 기쁘고 감사해하는 사람인 게 맞는 듯하다. 저 멀리 벨기에의 소도시 길거리에서도 알아봐 주는 팬이 있는 유명인의 삶을 느껴봤던 어떤 날의 기억이 떠오른다.

나보다
남이 중요한 때가 있다

앞에서도 잠깐 얘기했지만 공연을 하는 동안 말하지 않는다는 것은 마술사들에게 있어서 일종의 불문율이다. 하지만 나는 공연 중에 말을 한다. 그뿐만 아니라 코미디를 하기도 하고 심지어 떠들기까지도 한다. 내 마술을 위해서 관객이 존재하는 게 아니라 관객들을 기쁘게 하기 위해서 내 마술이 있다고 믿기에. 공연을 보고 관객들이 더는 기뻐하지 않는다면 마술을 그만둘 때가 됐다고 여길 것 같다.

아무도 나를 쳐다보지 않고, 공연에 관심을 기울여주지 않을 때 흥이 나질 않고 지치는 것을 느낀다. 하지만 사람들이 하나 둘 내 몸짓과 마술에 관심을 보이고 미소를 띠며 쳐다보고, 손뼉을 치며 '와~' 하고 환호할 때 온몸에서 아드레날린이

치솟는 그런 짜릿함을 느낀다. 하지만 이건 관객들에게 기쁨을 주고 관객들의 기쁨과 환호가 다시 내게로 돌아오며 그것에 더욱 힘이 나서 더 열정적인 열기는 관객들에게로 가는 좋은 순환은 바로 관객들의 반응으로부터 이어지는 것이라는 사실을 의미한다. '커뮤니케이션Communication'이라는 말이 결국 '주고받음'이라는 의미인 것처럼.

공연 중에 침묵하는 것이 마술사의 불문율이라 하더라도 그걸 전적으로 따를 의향은 없다. 그뿐만 아니라 공연 중에 꽃가루가 날리는 마술이나 불을 내뿜는 마술은 절대 하지 않는다는 원칙을 갖고 있다. 그건 공연이 끝나고 나서 누군가를 귀찮고 힘들게 만들기 때문이다. 이를테면 마술을 하면서 테이블 위에 덮여 있던 보자기를 획 들췄더니 사방에 꽃가루들이 펑~하고 휘날리게 되면 관객들은 분명 엄청나게 좋아하고 환호성을 지를 것이다. 하지만 그 마술이 끝나고 나면 누군가는 그 꽃가루들을 치워야 한다. 그것이 '아~ 정말 멋진 마술이었어'라는 흥분된 마음으로 하는 청소는 아닐 테니까.

공연만을 생각하면 꽃가루도 막 날리고, 불도 뿜어서 사람들을 확 사로잡는 마술을 하겠지만 그건 나만 좋자고 하는 것이 아닌가. 마술사라는 직업을 선택하게 된 게 많은 사람들을 기쁘고 즐겁게 하기 위해서였는데, 내 마술이 누군가를 힘들고 귀찮게 한다면 마술과 버스커를 하는 이유가 없을 테니까 말이다. 내가 원하는 마술과 공연은 나도 중요하지만 공연을 보는 이들이 그 이상으로 중요하다고 여긴다.

어느 날의 발리,
"배고프면 도둑질해요"라며
웃던 아이들

분명히 나보다 남이 더 중요한 순간이 있다는 사실을 잘 안다. 그동안 많은 나라와 장소에서 마술하며 수많은 사람들을 만나면서 그것을 잘 깨달을 수 있었다. 내 마술과 사람을 즐겁게 해주는 재능이 더 필요하고 더 가치를 발하는 곳이 있다는 것을.

사람들이 잘 가지 않는 곳, 번화한 곳이 아니라 낙후된 나라를 찾아가는 것을 즐겨 했었다. 사람들이 '왜 그런 데를 가? 사람들 많은 데로 가면 공연하기가 더 좋지 않아?'라고 충고해 줄 때가 있다. 물론 사람들이 많은 곳으로 가서 공연하는 것이 수익 면에서도 더 좋은 건 분명한 사실이기는 하지만 남들이 잘 가지 않고, 유명하지 않은 곳을 일부러 찾는 이유는 그런 곳에서 내 마술을 더욱 기쁘게 즐겨주는 사람들이 있다는 것을 알기 때문이다. 이를테면 라오스의 방비엥Vang Vieng이 그런 곳이었는데, 몇 해 전 한 TV 예능 프로그램에서 방송된 덕분에 우리나라에도 아는 사람이 무척이나 많아져서 '한글 패치화' 됐다는 얘기가 나올 정도가 됐다.

하지만 그런 관광객들이 많이 찾는 장소에서 차로 10분 정도만 들어가도 '이런 데가 있었어?'라고 할 정도로 외진 곳이 나타나는 장소이기도 했다. 그런 방비엥에서 했던 공연이 생각난다.

나름 방비엥 번화가에서 공연하던 내게 한 맥주 펍의 사장님이 "혹시 여기서 공연을 해줄 수 있나요?"라고 조심스럽게 물어와 "물론이지요~"라며 따라갔던 곳이었다.

은경과 나는 방비엥의 어느 초등학교로 마술도구를 챙겨서 가게 됐다. 평생 한 번도 마술을 보지 못한 아이들에게 마술을 보여줬으면 하는 펍 사장님의 말에 마음이 움직였다. 정말로 평생 마술이 뭔지 구경 한번 못 해본 아이들과 선생님들이 모두 내 주위로 모여 앉았다. 아주 작은 동작 하나, 마술 한 가지를 보면서도 너무나 좋아서 어쩔 줄 모르는 아이들의 눈동자가 지금도 눈에 선하다. 내 모습이 아니라 공연을 보던 사람들을 담은 은경의 카메라가 모두가 행복했던 그 순간들을 잘 기억나게 한다. 그런 곳에서 모자에 얼마의 돈이 걷히든 도대체 그게 뭐가 중요하겠는가.

심지어 세계적으로도 유명한 관광지 발리의 한 빈민촌에서 만난 아이들은 관광객들이 버린 폐플라스틱과 폐지를 팔아 그걸로 얻은 돈으로 먹고산다고 했다. 팍팍하게 살고도 먹을 것이 부족하고 배가 고프면 도둑질을 해서 먹고산다는 얘기를 스스럼없이 하는 그 아이들을 보면서 마음이 너무나 아팠다.

남들이 잘 가지 않는 곳, 유명하지 않은 곳에서의 공연이 마술사로서 그런 귀한 보람과 기쁨을 느낄 수 있는 곳이기도 하고, 또 제일 좋아하는 곳이기도 하다. 배움과 문화를 접할 기회 자체가 드문 아이들에게 그런 즐거운 순간을 만들어줄 수 있다는 사실이 너무나 기쁘고 자랑스러웠던 순간이었다. 그런 곳에 나를 기다리고 내 공연을 보고 웃어줄 사람이 단 한 명 있더라도 언제든지 갈 의향이 있다. 그렇게 분명히 깨달아 알고 있다. 삶의 어느 순간들에는 나보다 남이 더 중요할 때가 있다는 것을. 나보다 앞에 있는 무언가를 깨닫고 받아들일 때 나에게도 진정한 기쁨과 평화의 순간이 찾아오더라는 것을.

나 같은 버스커가 사람이 별로 없는 곳에서 공연한다는 것

은 그리 현명한 행동은 아닌 게 맞을 거다. 내가 하는 마술, 공연을 즐기고 함께 공감하고 손뼉 치며 환호하는 사람이 많으면 많을수록 경제적인 대가가 더 많아질 확률이 높다는 건 상식적으로 충분히 이해할 수 있을 테니까.

그렇기 때문에 돈 안 되는 공연을 한다는 건 짧게 보면 손해가 되는 똑똑하지 못한 일처럼 보이는 게 맞다. 사람 사는 일이라는 게 그게 또 그렇지 않더라는 것도 퍽 재미있고 흥미로운 주제이기도 해서 요즘 꽂혀있는 무료 공연을 계속하는 걸 두고도 '왜 자기 돈 써가면서 무료 공연을 다니느냐?' 하며 충고를 해주는 분들도 있다. 전국 곳곳에 있는 양로원, 보육원, 보육 시설 등을 위주로 공연하고 있는 중인데, 웃음공장에서 같이 공연하고 있는 음악하는 친구 정욱과 둘이서 이 프로그램을 진행하고 있다. 눈치가 빠른 분이라면 '혼자가 아니라고?'라고 생각하시겠지 싶다.

맞다. 이 무료 공연에는 나와 친구 둘이서 프로그램을 짜서 그곳에 계신 분들에게 즐거운 시간을 선물해 드리고 있다. 그럼 '돈이 안 되는 그런 걸 왜 해요?'라는 질문에 숨어 있는 예리한 무언가가 조금은 무뎌졌을 것이다. '아니, 둘이나 그런 생각을 한다고? 뭐가 있나?'라고 말이다.

그동안 참 많은 나라, 다양한 문화권에서 공연을 해왔다.

한 부모 가정, 시골 이장님 댁, 다문화 가정, 마을 청소를 하는 할머니들의 모임 등 웃음이 필요한 곳이라면 가리지 않았다. 하지만 그게 마냥 힘들고, 고단하기만 한 그런 고행의 길이었다면 10년 넘게 봉사 공연을 계속해 올 수 있었을까?

물론 책의 첫 부분에도 썼지만 공연을 '가난한 애들이 사람들에게 잔재주 피워주고 돈 몇 푼 벌자고 거리에 나온 것'이라는 식으로 여기는 그런 암담한 시각으로 바라보는 이들도 적지 않다. 공연이라는 건 아무도 내게 기대하지 않고, 관심을 갖지 않은 마이너스 관심의 상태에서 내가 가진 역량으로 사람들의 관심을 모으고, 환호를 이끌어내는 '무에서 유를 만들어내는' 그런 과정이다.

이런 일을 십 년 넘게 해오면서 어디에선가 들었고, 책에서 읽었던 내용이 아니라 직접 체험하고 겪어 알고 있는 것들을 신뢰하기 때문에 '돈 안 되는 공연'을 계속하고 있고 더더욱 활발하게 한다는 계획이 있다.

자주 종종,
나보다는 남이 먼저

'먼저 줘야 받을 수 있는 거. 산다는 게 그런 것 같다.'

이런 객쩍은 소리를 했더니 좀 더 진지하게 해보라는 시크한 반응이 돌아왔다 … 인풋Input이 있어야 아웃풋Output이 있다? 부모님의 돌봄으로 우리네 인생 대부분의 시작이 '먼저 받는 것'부터이기 때문인지 대부분은 그렇게 생각하지 않는다. 누가 뭔가를 나한테 주는 게 당연하다고 여기지 먼저 주고 나서 무언가를 얻는다는 것을 당연하지 않거나 혹은 힘들다고 여긴다.

현실은 고통이고 삶은 지옥이라는 생각은 그렇게 싹이 틔는 것인지도 모르겠다. 그걸 좀 바꿔볼 고민을 하며 살아오지 않았나 싶다. 기질적으로 그렇게 태어나서 그런 지도 모르겠지만 적어도 버스커는 그렇게 우선 '나보다 남을 먼저'라고 여기고 해야 한다. 그게 정상적인 순서다. 아무런 상관도 없는 불특정 다수의 사람들에게 흥미를 주고, 관심을 이끌어내며, 웃음과 즐거움을 주면 관객들로부터 나도 무언가를 받는 사이클이 하나 완성된다. 한 바퀴 돈 사이클은 공연이 계속되면서 조금씩 빨라지고, 강해진다는 것을 알고 있다. 처음에는 한두 명이 웃기 시작하고, 세 명 네 명이 손뼉을 치며 나는 그분들을 보면서 더 힘이 나서 공연을 더 열심히 하고, 몸에서 흥을 더 뿜어낼 수 있게 된다. 호응이 좋은 관객들을 만나는 것만큼 버스커들에게 힘이 나는 것은 없으니까.

나보다 남을 먼저 배려하고 무언가를 시작하는 건 단지 거리의 공연에서만 해당되는 건 아닐 것이다. 전에 공연을 하고 나서 구경하던 사람들하고 사진을 찍었는데, 한 친구가 얼굴이 어둡길래 "무슨 걱정 있어요?"라고 물어 봤었다. 취업 준비생이라던 그 친구 걱정은 이랬다. 자기는 내성적이라서 면접 자리에 가서도 적극적으로 자기 PR이나 자기소개 같은 걸 못하겠고, 지방대를 나와서 서울에 아는 사람도 없다는 것이었다.

중학교 때부터 미술만 바라보고 살았던 내가 취업이나 면접에 대해서 뭐라고 얘기해볼만한 입장은 아니라서 좀 곰곰이 고민을 해보게 됐다. 요즘 젊은 사람들 거의 태반이 그와 비슷한 걱정을 하고 살고 있겠지 싶어서. 해주고 싶은 말은 '이렇게 하면 취업이 될 겁니다'라는 귀중한 조언이나 경험담은 아니고 '한번 생각을 달리해보면 어떨까?'라는 것이다.

나에 대해서는 아무것도 모르고, 전혀 관심도 없는 사람들을 상대로 하는 버스킹 공연을 잘하는 비결이 나보다 남을 먼저 배려하는 것이라는 것과 일맥상통한 얘기다. 취업하려는 회사에 나를 어떻게 설명하려고 하는 게 아니라 '회사에 필요한 사람은 뭘까?'를 먼저 고민하는 게 좋을 것 같다는 의미다. "그게 그거 아닌가요?"라고 물을 수 있지만 그렇지는 않을 것이다. 시작을 어떻게 하느냐가 처음에는 별 차이 없어 보이지만 결과에 이르러서는 큰 차이가 날 수 있는 법이다.

예를 한 번 들어보자. 이를테면 1차 서류전형을 통과한 사람들이 면접 본다고 예상했을 때, 1차 관문을 통과했을 때 효과가 있었던 요인들이 2차에서는 그만큼의 효과를 보기는 힘들지 않을까? 만약 지원자들의 토익 평균 점수가 650점인데 내 토익점수가 900점이라면 꽤 큰 장점이 되겠지만, 서류전형을 통과하고 2차 면접에 참석한 사람들의 평균 점수가 850점이라면 900점인 내 점수는 그렇게까지 큰 경쟁력이 되지는 못할 테니까. 그러면 2차 면접에서 "토익 점수가 좋네요"라고 물어보면 "더 열심히 하겠습니다"라고 얘기를 하기보다 "외국인과의 실제 회화는 더 잘합니다"라고 말하면 조금이라도 더 좋게 평가받을 수 있지 않을까?

그냥 내 의견은 그렇다. 저글링 동호회에 가서 저글링 공연을 하면 호응이 좋을까? 고인 물 앞에서 잔재주 피우다가 탈탈 털렸다는 요즘 표현이 그런 경우를 말하는 것인 셈이다. 남들이 잘 못하는 것을 보여주는 것이 '저 친구 괜찮은데?'라는 일종의 경쟁력이 되지 않을까?

대기업에서 인사를 담당했던 사람의 유튜브를 본 적이 있는데 신입사원 공채 시험 면접관을 오래 했다는 그분 얘기도 그런 것이었다. 회사가 중요하게 여기는 기준과 면접자들이 중요하게 생각하는 게 미묘하게 다른 데 그걸 간과하고 있는 것 같아서 안타깝다고 하셨다. 해주고 싶은 얘기는 나보다 남을 먼저 고려하면 다른 사람들과 다른 시작을 할 수 있지 않을까?라는 것이다.

또 하나 대기업에서 임원으로 근무하시다가 퇴직하신 분과 얘기를 하다가 들은 것이다. 이분도 신입사원 공채 과정에서 임원면접의 면접관으로 가셨다가 안타깝게 떨어트린 수험생을 따로 만난 적이 있다고 했다. 괜찮은 사람인 것 같은데 회사에서 정해놓은 합격자 숫자가 있기 때문에 어쩔 수 없이 탈락시켜서 마음이 좋지를 않았는데 합격자 발표가 난 다음 날, 사무실로 전화가 왔더라는 것이다.

"어떻게 전화를 했어요?"라고 물어봤더니 그 탈락한 수험생이 하는 말이 참 인상 깊었다고 한다. "저보다 더 좋은 사람이 합격됐을 테니 그건 안타깝지 않은데요, 저는 이 회사가 제가 원하는 회사라고 여겨지는데 다음번에 회사가 원하는 그런 사람이 돼서 다시 면접을 보지 못하게 되면 그게 너무 속상할 것 같아서 전화드렸어요"라고 했다는 것이다.

이 분이 커피 한 잔 사줄 테니 회사로 오라고 해서 그 구직자를 만났다고 한다. 면접관이 아니라 회사 후배가 될 수도 있는 사람이고 인생의 후배로 만난 것이라서 본인도 마음 편하게 그 수험생에게 이런저런 얘기를 많이 해주고 그 사람도 '참 많은 도움이 됐다'고 감사 인사를 하고 떠났다는 것이다. 생각해 보니 회사를 다니는 동안 참 많은 후배를 만났고, 입사 지원자들을 겪어봤지만 떨어지고 나서 전화를 해서 이것저것 물어보는 사람이 처음이었더라는 얘기를 해주셨는데, "그래서 그 친구는 나중에 어떻게 됐나요?"라고 물어보았더니 정식 공채가 아니라 자기 부서에서 사람이 필요하게 됐을 때 그 사람이 떠올라서 채용했다는 것이었다.

"특혜가 아니에요?"라고 물어보았더니 다음과 같이 답변

하셨다. "부서 직원들에게도 마땅한 사람이 있으면 추천하라고 해서 사람을 뽑는 게 일반적이지. 그 친구 같은 경우에는 평소에 어떤 생각을 하고 있는 지 내가 직접 듣고 알아보았으니 더 믿을만한 사람이 아닐까?"

내가 지어낸 것이 아니라 실제로 대기업 계열사 사장을 했던 어떤 분의 얘기다. 대기업 사장이 중요한 게 아니라 면접에서 탈락했던 사람이 어떻게 행동을 했는지가 인상적이었기 때문에 굳이 이야기했다. 사실 그 면접에서 탈락했던 친구가 엄청 특출난 행동을 한 것도 아닌데 결과가 완전히 달라진 게 무슨 까닭일까를 고려해 보면 좋겠다는 말을 하고 싶었다.

입사지원을 했는데 탈락이 되면 그 회사에 대해서 좋은 인상을 계속 갖기가 쉽지는 않겠지만 나보다 나를 뽑아주지 않은 회사의 입장이나 탈락시킨 이유를 알아보는 게 나를 위해서 더 나은 일이지 않을까? 면접관 입장에서는 자신이 탈락시킨 사람들에 대해서 조금이라도 미안한 마음이 있게 마련이라 면접관과 수험생이 아니라 회사 선배와 후배가 될 수 있는 관계로 만나게 되면 하나라도 더 좋은 정보를 주려고, 더 참고할 만한 것들을 얘기해 주지 않을까? 입사 면접관들이 피도 눈물도 없는 냉혈한들은 아닐 테니까.

내게 그 얘기를 해주셨던 분의 충고가 아니더라도 '나를 떨어뜨린 나쁜 회사'라고 여기지 말고 '내가 더 그 회사에 필요한 인재가 되면 합격하겠지? 그걸 알아보자'라는 마음으로 입장을 바꿔본다면 조금 더 좋은 결과를 낳을 수 있을 가능성이 높지 않을까 싶다. 거리에서 무관심한 사람들을 상대로 버스킹을 하는 것이나 회사에 들어가기 위해서 처음 보는 사람에게 면접을 보는 것이나 '내가 상대방에게 어떠한 가치를 제공해 줄 수 있을까?'를 먼저 고려해 보면 해답의 실마리가 조금씩 풀리기 시작한다는 공통점이 있으니까.

전 세계 공통의 언어,
"두 유 라이크 매직?"

나보다 남을 먼저 고려하라는 얘기는 어떻게 생각해 보면 '듣기에는 참 좋고 그럴싸한데 너무 공허한 말'처럼 들릴 수 있다. 나는 상대방에게 분명히 원하는 무언가가 있지만 상대방은 그 사실을 전혀 모를뿐더러, 나에 대한 관심조차 없는 상태이기 때문에 '당신이 원하는 게 무엇인지 얘기해 주면 내가 해드릴게요'라는 식으로 무턱대고 접근하면 '뭐지? 이 사람은?' 하고 깜짝 놀라서 경계하게 하는 역효과를 보기 십상이다.

처음 만나는 자리, 공연을 막 시작해야 하는 그런 순간에 중요한 것은 '공통의 언어'를 알아내는 것이다. 내가 하려고 하는 말과 상대방이 관심이 있는 말의 사이에 있는 어렴풋한 공통점을 찾아내는 센스가 필요하다. 처음 보는 사람과 만났을 때의 그 어색함을 없애기 위해서 건네는 이런저런 잡담이나 날씨 얘기 같은 인사말을 '스몰토크Small Talk'라고 하는데, 상대방과 나 사이에 존재하는 공통의 그 무언가를 빨리 잡아내는 것이 중요하다.

〈왕좌의 게임Game Of Throne〉이라는 드라마에 이 공통의 언어와 스몰토크에 대한 장면이 나온다. 왕좌의 게임 시즌 6의 일곱 번째 에피소드에서 스타크 가문을 되살리기 위해서 산사 스타크와 그의 이복 오빠 존 스노우는 베어 아일랜드의 영주 리안나 모르몬트에게 자신들을 도와 달라는 부탁을 하기 위해서 성으로 찾아간다. 볼튼가와 전쟁을 벌이려고 하는 데 베어 아일랜드의 병사를 보내달라고 부탁하기 위한 미팅이었던 만큼 존과 산사는 스몰토크로 대화를 시작한다.

산사는 자기 이모인 리안나 스타크의 이름을 딴 영주 리안나에게 "영주님의 어머니께서는 내 이모의 이름을 따서 영주님의 이름을 지으셨고, 이모처럼 굉장한 미인이셨어요"라며 스몰토크를 건네지만, 고작 열 살 짜리 리안나 모르몬트는 무표정하게 "나는 그렇게 생각하지 않는다. 내 어머니는 미인이 아니라 강인한 전사셨다"라고 말을 잘라 버린다. 예상하지 못했던 냉대에 멋쩍은 표정을 짓는 산사를 뒤이어 존이 "영주님의 삼촌은 제가 모셨던 나이트 워치의 대장님이셨고…"라고 웃으며 말을 이어가려고 하자 여지없이 리안나 모르몬트는 "스몰토크는 충분히 했고 여기 온 이유가 뭐냐?"고 정색을 해버린다.

큰 기대를 갖고 베어 아일랜드를 방문했던 존과 산사의 기대는 상황을 꿰뚫고 있는 열 살짜리 소녀 앞에서 박살이 나버렸지만 그들의 방문 목적은 성공한다. '영주 님의 심정을 나도 이해한다'라며 상대방과의 공통의 언어를 재빨리 알아차린 이름도 없는 가문의 한량이었던 다보스가 리안나의 마음의 문을 열어준 덕분이었다. 비록 드라마의 한 장면이기는 하지만 상대방의 마음을 두드릴 수 있는 돈, 이성, 여행과 같은 '공통의 언어'를 재빨리 찾아내는 것이 낯선 환경, 낯선 상대방과의 주고받음에 있어서 중요하다는 것을 짐작할 수 있게 해주는 장면이 아닐까 싶다.

나는 그 '공통의 언어'를 소리 높여 외치는 것으로 끄집어내곤 한다. "두 유 라이크 매직?"이라는 외침으로. '영어인데?' 싶을지 모르겠지만, 그 정도의 영어는 대부분 알아듣게 마련이다. 게다가 마술을 싫어하는 사람은 거의 없기 때문에 거리에서 공연 준비를 하는 동안에도 무관심하게 나를 지나쳐가는 많은 사람들과 근처에서 스마트폰만 쳐다보고 있는 사

람들을 향해서 "두 유 라이크 매직?"이라고 외치면 깜짝 놀라서라도 돌아 보는 사람이 대부분이다. '매직Magic'이라는 공통의 관심사를, 그리고 무의미한 소음만이 가득한 공간에 메시지가 분명한 외침이 등장하는 것도 일시적으로 사람들의 관심을 끌어모을 수 있는 방법이 된다. 나의 외침에 반응하는 그 사람들의 마음 곳 깊은 곳에는 '행복하고 싶다'는 소망이 있기 때문일 것이다.

현우 형이 들려준 사연

친하게 지내는 마술사 최현우 형의 공연 중에는 연인 관객들을 위한 코너가 있다. 어느 해 크리스마스이브 날, 젊은 남성이 여자친구에게 프러포즈를 했는데 여자친구가 거절을 했더란다.

알고 보니 여성분이 시한부 환자여서 살 날이 얼마 남지 않은 상태였고 혼자 남을 남자친구를 위해 프러포즈를 거절했었다는 것이다. 두 사람을 지켜보던 많은 관객들이 그 이야기를 듣고 눈물 흘리며 두 사람을 응원해 주었고 결국 여자친구는 프러포즈를 받아들였다고 한다. 일주일 후 현우 형은 두 사람의 결혼식에 참석했지만 몇 달 지나지 않아서 결국 아내분은 세상을 떠났다. 방송에서도 그 얘기를 했지만 현우 형은 이 에피소드를 말하면서 '마술 사이기에 사람을 연결할 수 있는 마법 같은 일이었다'고 했었다.

나에게 똑같은 사연이 있는 것은 아니지만 마술이라는 짧은 이벤트가 사람과 사람을 하나로 묶는 마법 같은 힘이 있다는 것을 너무나 잘 알고 있다. 웃음에 전염성이 있다는 말도 내가 느끼는 것과 비슷한 맥락이 아닐까 싶지만, 공연이 시작되기까지 하나하나 낱개의 사람들이었지만 웃고 감탄하고 손뼉을 치면서 어느 순간엔가 감정적으로 하나가 된다. 가수든 마술사든 많은 사람들 앞에서 공연하고 퍼포먼스를 하는 직업의 사람들이 그 일을 버릴 수 없는 이유가 그 때문이겠지 싶다.

하나의 웃음으로 공명하는 관객들의 반응은 곧장 내게로 돌아와 더 열심히 공연하도록 해준다. 내 공연이 즐거움을 주고 그 즐거움을 느낀 관객들의 반응이 다시 내게로 돌아와 더 큰 에너지로, 웃음으로 커지면서, 답답하고 꽉 막혀있던 마음이 불현듯 갈피를 잡아가는 것도 그런 이유에서가 아닐까?

마술을 하는 '나'라는 존재가 실로 대단한 능력을 가진 마법사여서가 아니라, 함께 공연 보고 같이 웃고 손뼉을 치는 많은 사람들이 만들어내는 공명이 우리 각자의 마음속 돌덩어리를 두들기는 공명의 망치를 만들어내는 것이기 때문이겠지 싶다. 그래서 나는 오늘도 거리로 나선다.

쉼 셋, 실수를 줄여주는 마법 주문

마술사가 주머니 안팎을 뒤집어 보이면 속에 아무것도 없다는 것을 확인시켜준다. 그러고는 손재주를 부리며 작은 공을 주머니에 넣고는 콧바람을 한번 쓱 하고 분 다음 주머니를 열었는데 … 그냥 그 공이 나왔다면? 그건 실패한 마술이다. 아니면 공을 주머니에 넣으려는데 주머니에서 푸드득거리며 비둘기 날개가 삐져나온다면? 그것도 역시 실패한 것이다.

마술사도 사람인지라 아무리 열심히 노력하고 연습을 반복하더라도 실수를 아예 하지 않을 수는 없다. 정말 중요한 무대에서 항상 잘하던 마술에 실수를 하기도 하고, 취객이 무대에 올라와서 엉망이 되기도 하며, 공연에 너무 몰입해 있던 관객이 쇠사슬을 너무 세게 잡아당겨서 넘어지기도 한다. '나는 어떻게 하면 실수를 줄일 수 있을까?'를 많이 고민하는데 제법 효과가 있는 마법의 주문을 알려드릴까 한다.

바로 '아무도 모르면 아무 일도 아니다'다. 이는 드라마 〈나의 아저씨〉에 나오는 대사인데 이 말을 속으로 되뇌는 것이다. 마술사도 사람인지라 실수가 없을 수는 없지만 정작 공연을 엉망으로 만들어버릴 정도의 실수를 하게 되는 경우는 실수 자체보다 '큰일 났다 어떻게 하지?'라는 당황스러움 때문에 일어난다. 하나의 실수에서 당황하게 되면 다음 동작, 순서에서 연거푸 실수하기 십상이고 결국 수습도 하기 힘들 정도로 공연을 망치게 된다. 인간이 하는 일이기 때문에 실수 자체를 하지 않을 수는 없지만, 전체를 망칠 정도의 큰 실수를 하지 않으려면 마음을 항상 대범하게 가질 필요가 있다. 그래서 공연하다 실수를 할라치면 속으로 '괜찮아, 아무도 모르면 아무 일도 아니야'라고 얼른 마음을 다잡곤 한다.

그런 실수가 있었던 공연에는 다리를 어깨너비 보다 약간 넓게 벌리고 서서 양손을 허리춤에 대고는 씩 하고 웃는다. 흔히 말하는 '원더우먼 자세'라고 하는 동작이다.

책을 읽으신 분들 중에서 혹시 내 공연을 실제로 보게 되면 나의 모션을 유심히 봐주시기를 바란다. 만약 공연 도중 원더우먼 자세로 서서 씩 하고 웃으면 '자기만 아는 실수를 했는가보다'라고 함께 웃어주시면 좋겠다.

만약 자기를 너무나 힘들고 좌절하게 만드는 일이 있고 그게 자신이 저지른 실수 때문이라면 나처럼 원더우먼 자세로 서서 씩 하고 웃으면서 속으로 되뇌어 보시기 바란다. 아무도 모르면 아무 일도 아니니까.

모든 것이
무너지던 날,
새로운 세상을 만났다

^^^^^^^^^^^^^^^^^^^^^^^

남 탓을 하는 못난 날,
하지만 나는 '크레이지 미스터 제이'

살다 보면 나를 더는 성장하지 못하도록 만드는 그런 것들을 만나게 된다. '이 정도면 됐어'라는 설익은 만족감 같은 것이 랄까? 좋은 결과를 낳기 위해서는 우선 내가 온 힘을 다해야 한다는 것을 여러 번 경험해서 잘 알고 있지만 늘, 매번의 순 간순간마다 '뭘 이렇게까지 해? 어차피 비슷비슷한데'라고 스 스로 타협하기도 하고, '이건 다른 사람들 탓이야. 내가 잘못 해서 이렇게 된 게 아니라고'라고 귓가에서 속삭이는 내 속의 비뚤어진 목소리가 더 성장하지 못하도록 하기도 한다.

열심히 준비해서 나갔지만 관객들이 와주지 않는 텅 빈 거 리에 혼자 우두커니 서있는 그런 경험은 '외로움'이라는 짧은 단어 하나로는 모두 설명할 수 없다. 그럴 때면 땀을 흘리고 애를 쓰며 연습할 때에는 어디론가 숨어 있던 내 속의 비뚤어진 목소리가 귓바퀴에 앉아서 이렇게 말한다. '관객들이 오지 않는 건, 그들이 너를 몰라보기 때문이야. 너는 잘못이 없어. 알잖아. 사람들은 그리 똑똑하질 않아'라고.

공연이 매끄럽게 진행되질 않아서 중간중간 덜컥하는 그런 마땅찮은 순간이 있는 날에는 '아무도 도와주질 않는데 공연이 어떻게 잘 진행되겠어? 관객들이 문제가 많았어'라고 남 탓을 하는 그런 못난 날의 내가 나를 더는 성장하지 못하도록 만드는 그런 존재다. 극복하기 가장 힘든 존재. 하지만 관객들은 언제고 거리에 나설 수 있게 해준 힘이었는데, 이런 격려와 지지가 있지만 어느샌가 '마술을 하는 생활인'이 되어 타성에 젖어 들어가고 있었다.

하지만 '크레이지 미스터 제이'가 아닌가. '내 이름 석 자만으로 사람들이 모여들고, 내 공연에 환호하고 함께 소리 지르며 미칠 준비가 되는 그런 공연자가 되겠다.' 그게 처음 그 순간부터 꿈꾸던 모습이었으니까.

이게 포장된 도로인지 아니면 중간중간 아스팔트가 뿌려진 흙바닥인지 모를 그런 도로에서 스쿠터를 타는 위험이 내 삶과 너무나 닮았다. 조심한다고 하지만 갑자기 보지 못했던 포트홀에 바퀴가 덜컥하면 당장 내 몸뚱어리가 허공을 날아

길바닥에 패대기쳐질 수 있다는 걸 알면서도, 무섭더라도 언제고 도전하는 사람이었다.

모든 것이 무너지던 날,
새로운 세상을 만났다

해가 바뀔 무렵이면 다이어리나 두툼한 공책을 산다. 겉장을 펼쳐 그 첫 장에 괜스레 경건한 마음으로 무언가를 적는다. 어느 해인가 '공수래공수거空手來 空手去'라고 적었다. 옛날 노랫말이라고 그랬던 것 같은데, '인생사 빈손으로 왔다가 빈손으로 간다'는 그 말에 왠지 그때는 마음이 스며 들었던 모양이다.

어머니 뱃속에서 나올 때 빈손이었고, 죽음으로 돌아가는 순간에도 역시 우리는 빈손이겠지만 인생사가 그냥 공수래공수거이기만 하지는 않을 것 같다는 마음도 또 언제인가부터 들고 있다. 무언가를 가득 쥐고 있다가 그걸 내려놓거나 뒤에 올 누군가를 위해서 몇 개 놓아두고 길을 재촉하는 게 아닌가 그런 생각을 해보게 됐기 때문이다.

인터넷에서 읽었는지 누구한테 들었는지는 기억이 확실치 않지만 한국을 가장 사랑한 외국인이라고도 불리는 소설 〈대지〉의 작가 펄 벅Pearl Buck 여사가 한국에 머물 때 한 농촌 마을에서 사람들이 감나무의 감을 따는 것을 보게 됐다고 한다. 구름 한 점 없는 쩅하게 푸른 가을 하늘과 주황빛 감이 참 아름다운 정물화 같았나 보다. 그런데 동네 사람들은 희한하게도 감나무 위쪽에 있는 감 몇 개는 따지 않고 놔두길래 그게 이상했던 펄벅 여사가 이유를 물었더니 "새들도 같이 먹어야지요"라고 대답을 하더란다. 작가에게는 그게 너무나 아름다운 마음으로 새겨졌었던가 보다. 어느 인터뷰에선가 그때의 이야기를 하면서 그렇게 아름다운 사람들이 살고 있는 곳이라고 그리워했더란다. 빈손으로 태어나 빈손으로 돌아가야 하는 운명인데 뭘 그리 다 갖겠다고 아등바등할까 좀 남겨놓고 살아도 크게 부족하지는 않을 텐데 말이다.

생각해 보면 빈손으로 태어났지만 세상으로 나오는 순간부터 부모의 배경을 갖고 우리는 삶을 시작한다. 더욱 많은 것을 갖기 위해 몹시도 애쓰고 발버둥을 치며 또 그러다가는 많은 것을 잃어 실의에 빠지기도 하고, 아무것도 남지 않아 절망의 나락으로 빠져들어가는 그 와중에도 또 무언가를 얻기도 하며 누군가의 보탬을 받기도 한다.

얼마 전 남태평양 어느 섬나라에서 화산이 터졌다는 뉴스를 듣고 기억이 떠올랐다. 채 10년도 되지 않은 얼마 전의 기억 속 그 장소, 그 시간으로 되돌아가게 됐다. 신문 방송에서나 접했던 그것도 아주 먼 나라에서나 일어나는 것만 같은 일들을 겪게 됐던 그런 때였던 듯싶다. 거리의 마술사와 관객으로 처음 만났던 은경과 나는 어느새 함께 낯선 곳으로 떠나는 동행이 되어 있었고 우리의 발걸음은 네팔 '파탄Patan'에 이르렀다. 파탄이라 … 그러고 보니 이름이 예사롭지 않았구나 … 2015년 4월, 며칠 동안의 일을 은경의 일기장을 통해 기억해 보고 싶었다.

또다시 낯선 곳에서 이리저리 장소를 물색해 본다. 맘에 드는 곳이 있는 데 입장권이 한 명당 500 루피(약 5,000원)다. 잠시 고민했다. 난 해볼 만하다에 걸었는데 광중은 조금 망설이는 것 같다. 잠시 고민하다 입장권을 사고 사람들 앞에서 공연을 하기 시작했다. 어느새 사람들은 광장 안에 또 다른 광장을 만들어 공연을 보기 시작했고, 배를 움켜잡고 깔깔거리는 모습은 공연 전 우리의 의심을 완벽히 풀어주었다. 한 명당 500루피의 비용을 지불한 것 이상의 괜찮은 선택이었던 것 같다. 먼지 구덩이를 지나 작은 골목 깊숙이 들와야 하지만 지불한 비용 이상의 만족도를 주는 이곳이 맘에 든다. 무엇이든 어디든 언제든 '처음'이란 단어는 참 어려우면서도 기분 좋은 단어인 것 같다. 지금 내 선택과 지금 이 순간까지의 결과물에 대해 만족하며 감사하고 있다. 나에게 아니 나의 선택에 아직은 '후회'라는 단어가 들어올 자리는 없다.

2015년 4월 25일

바쁜 하루의 시작이다. 노르웨이 부부와의 티타임부터 많은 약속이 있어 아침부터 서둘렀다. 어제 비가 와서 바람막이 하나를 챙겨 노르웨이 부부가 있는 호텔로 향했다. 부부가 선물한 코끼리 똥 노트 덕분에 가슴이 따뜻해졌다. 서로의 '굿럭Good Luck'을 바라며 우리는 파탄으로 향했다.

비도 올 것 같고 일정도 있어서 조금 서둘렀다. 어김없이 같은 자리에 광중이 자리를 잡고 어제 살짝 둘러본 사원 안에 들어가 볼까 해서 사원을 둘러보는 데 양쪽 지붕 위로 비둘기들이 미친 듯이 날아다녀 그냥 돌아왔다. 내 표정이 이상했는지 "무슨 일이냐?"라고 물었는데 그냥 공연하라며 대수롭지 않은 듯 넘겼다.

그 순간 무언가 몹시도 불길했고, 너무나 감사했던 날들의 기억, 네팔. 그런데 얼마나 지났을까? 갑자기 들려오는 여자들의 비명소리에 '뭐지?' 하는 순간, 땅이 꿀렁거린다. '지진이다!' 하는 생각이 머리를 스쳤지만 몸은 움직이지 않는다. 아니 어떻게 움직여야 할지 몰라 못 움직인 것도 같다. 순간 "뛰어!!"라는 목소리가 들린다. 광중이다. 뛰어야 했다. 온 힘을 다해 뛰지만 잘 되지 않는다. 우여곡절 끝에 광중의 손을 잡고 어찌할 바를 모른 채 꿀렁이고 있는 땅 위에 그냥 앉아있었다.

건물들이 갑자기 무너지기 시작했다. 방금 전까지 멀쩡하게 서있던 커다란 건물들인데. '무조건 공터 쪽으로 도망가야 한다'는 광중을 따라 움직인다. 아직도 땅은 꿀렁거리며 가볼까 했던 사원들이 모두 무너져 있었다. 이러지도 저러지도 못하고 있는데 헬멧이 머리 위에 씌워진다. 땅은 계속 흔들리고 내 앞에 있던 사람들이 무너진 건물 속에 깔려있다. 찢어질 것 같은 비명들, 신음들과 탄식들. 나도 그중 한 명이었을 수도 있다. 상상하기도 싫다. 전쟁터였다. 내 눈앞은 전쟁터였고 난 전쟁터 안에 서있다. 판단력은 제로Zero. 잠시 몸은 굳었지만 본능적으로 오토바이에 올라탔다. 길은 엉망이다. 낡은 건물은 이미 다 무너지고 여진은 계속되고 있다. 차가 통제되고 사람들은 로터리를 피난처 삼아 모여 있었다. 오토바이도 그곳에서 멈춰야 했다. 다시 얼마 후집이 무너진다. 마치 모래성이 무너지듯. 강한 진동이 계속되고 심장이 미친 듯이 뛴다. 카트만두로 가는 길은 지옥이었다. 오던 길에 있던 건물들은 없어지고 사람들은 모두 거리에 나와 있다. 도시 자체가 공포의 소굴이었다. 여진이 계속됐다.

고수 밭에서 잠을 자야 했고, 잠을 자면서도 여진에 놀라 깨며 언제든 도망가야 할 준비 자세를 취해야 하는 상황. 뜬 눈으로 밤을 지새운다. 끝나지 않을 것 같은 공포 속에서 우리는 다행히 서로의 존재감만으로 안도할 수 있었다. 너무나 다행이었다. 생사의 순간 같이 있을 수 있다는 게 얼마나 감사한 일인가. 죽음의 문턱 앞에 누가 안전하고 누가 두렵지 않을 수 있을까? 그 순간 나를 챙기는 그의 마음에 아직 내 몸의 소름이 가라앉지 않는다.

드라마 〈왕좌의 게임〉에 이런 대사가 나온다. "존 스노우, 소년을 버리게Kill the Boy, Jon Snow." 사내아이가 남자가 되는 것은 몸이 자랐기 때문이 아니라 '남자로서의 삶'을 살기 시작하면서부터라고 생각해 보았다. 2015년 4월, 네팔에서 겪었던 대지진으로 눈앞에 있던 거의 모든 것들 무너지던 날, 나는 '남자'가 되기로 결심했다. '은경'이라는 존재와 함께 걸어갈 새로운 세상으로 걷기 시작했다.

2015년, 저 해는 참 다사다난한 자연재해를 경험할 수 있었던 그런 일 년으로 기억이 평생 남을 것 같다. 그렇게 네팔에서 대지진을 겪고 인도네시아로 갔더니 이번에는 화산이 터지지를 않나. 인력으로 막을 수 없는 재해 중에서 평생 한 번도 겪어보기 힘든 것들로만 골라서 한꺼번에 만났던 일 년이었고, 무엇보다 '나'라는 삶을 온전히 채워줄 인생의 반쪽을 찾았던 것이 가장 뜻깊은 기억으로 남아있다.

책을 쓰기 위해서 이런저런 자료들을 죄다 찾아서 훑어보고 있는데 "이것도 읽어봐"라면서 은경은 일기장을 건네 줬다. 대충대충 한두 줄을 적고 마는 나와는 달리 은경은 그날그날 있었던 일들과 그때의 마음, 생각을 잘 정리해서 적는 사람이었다. 원래 꼼꼼하고 일 잘하는 야무진 사람이라는 건 처음 만났을 때부터 알기는 했지만, 일기장을 읽다가 보니 중간중간 코끝이 찡~해지는 기억이 떠오른다.

네팔에서의 그날도 떠오른다. '살아서 돌아갈 수 있으면 우리 결혼하자'라고 참 어울리지도 않는 장소에서, 무척이나 로맨틱하게도 프러포즈를 했던 셈이다. 은경의 기억에는 좀처럼 가시지 않는 놀란 가슴 때문에 묻힌 것들이 좀 있다. 그날따라 은경의 표정이 좋지를 않았다. 나도 뭔지는 모르겠지만 기분이 찜찜하다는 느낌이기는 했지만, 전날 잘 끝냈던 공연과 오늘 해야 하는 공연을 머릿속에서 그려보느라 '그냥 기분이 별로인가 보다'라는 정도로만 여기고 있었다.

갑자기 정말로 갑자기 땅이 출렁거리면서 삽시간에 눈앞

에 서 있던 건물들이 영화 CG처럼 순식간에 무너지기 시작했다. 비둘기들과 온갖 새들이 정말로 하늘을 찢어버리기라도 할 것처럼 튀어 올랐고, 집이나 건물 안에서 커다란 쥐가 몇 마리씩 바깥으로 튀어나오는 희한한 장면을 보고 뭐라고 얘기를 하려고 하는 그 순간, '어?' 하면서 일어났던 일들이었다.

정말로 눈으로 볼 수 있는 거의 모든 것들이 무너지는 순간이었다. 꼿꼿하게 움직이지 않고 서 있는 것이라고는 너무 놀라서 옴짝달싹 못하고 멍하니 서있는 사람들이 전부였다. 정신을 좀 차리고 돌아보니 은경도 그렇게 눈만 껌뻑거리며 서 있었다. 아무리 낙천적인 성격이라고는 하지만 나라고 처음 겪는 그런 엄청난 재앙 앞에서 냉정하고 아무렇지도 않았겠는가. '나라도 정신을 차리자' 싶었기 때문이었다.

일단 그 골목에서 빠져나와 큰 도로가 있는 넓은 공터로 나가야만 한다는 생각뿐이었다. 오토바이를 가져와서 다짜고짜 은경의 머리에 헬멧을 눌러 씌우고 뒤에 태운 다음 큰 길로 달리기 시작했다. 그 하루 이틀 동안 있었던 일들은 이렇게 몇 줄의 글로 다 담을 수는 없을 것 같다. "어쩜 그렇게 차분했어?"라고 물어보기에 "털털거리는 스쿠터를 타고 구멍이 뻥뻥 뚫린 도로를 달리는 게 버릇이 돼서 그랬나 봐"라고 대답했었던 것 같기도 하고 기억이 정확하지는 않다. 아마 나도 많이 놀랐던가 보다.

고백을 좀 해보자면 눈만 껌뻑거리면서 온몸이 막대기처럼 뻣뻣했던 은경이 소름으로 바르르 떨고 있었지만 그녀가 내 곁에 있다는 게 너무나 위안이 됐고 힘이 됐었다.

세계사 책에도 기록이 될 지진이라는 얘기를 나중에 들었는데, 그 엄청난 자연재해 속에서 평소에 문득문득 가져왔지만 확신인지 아닌지 했던 그 감정을 정확하게 알 수 있었다. 비유가 적합한지 모르겠지만 세잎클로버가 많기 때문에 네잎클로버가 귀한 것처럼, 우리가 앞으로 함께 살아갈 새털 같이 많은 날 중에서 대지진이 나던 그 날처럼 위험한 날은 또 없겠지 싶기도 했다. 은경에게 '살아 돌아가면 결혼하자'라는 프러포즈를 멋없이 했고 그로부터 두 달 후, 우리는 결혼을 했다.

'평범하고 안락한 삶을 살기 위해 노멀한 파트너를 바랐던 나는 죽음의 문턱에 서 보니 안락이라는 단어는 지진 속에서 나를 안정시키려 온 힘을 다하는 그 사람 옆에 있는 내 모습이었다'라고 은경은 일기장에 적었다. 여진 때문에 며칠 동안 묵고 있었던 집에서 나와 그 앞의 고수 밭에서 자는 둥, 깨는 둥 하며 보냈던 그 밤 거기서 누구보다 빨리 잠들며 코까지 골았지만 여진의 조짐이 보였을 때 가장 먼저 일어나 주변을 살

폈던 나. 그런 내 어깨에 기대 졸던 은경의 따뜻한 체온에 스르르 녹아들었던, 터프하고 로맨틱했던 날이었다. 그렇게 내 속의 소년을 떠나보내고 남자가 됐다.

징검다리 같은
존재들

우리는 가족이 됐고 시간이 꽤나 지난 어느 날, 불현듯 의기투합해 떠났던 제주 한 달 살이에 관한 이런저런 얘기들을 나누었을 때였다. 살다 보면 수도 없이 많은 말을 내뱉고, 듣게된다. 그렇게 수도 없는 대화와 듣는 사람을 그리 염두에 두지 않고 말하기 위해서 그저 흘려버리듯 하는 말들 중에서 내 가슴속에 있는 진심을 담은 말은 얼마나 될까?

내 말 중에는 얼마나 진심이 담겨 있는지에 대해 곰곰이 생각해 봤다. 솔직히 모든 말에 전부 진심이 담겼다고는 할 수 없겠더라. 더 솔직히 말하자면 '습관적으로 하는 말이 더 많구나' 하는 생각을 하게 됐다.

반론은 아니고, 그저 묻고 싶었다. '나만 그럴까?' 아마도 아닐 거다. '우리' 모두는 거의 대부분 비슷한 생각을 하게 될 거다. 자기 자신에게 솔직해진다면 그게 눈에 들어올 거라는 거다. '내가 오늘 한 말 중에서 얼마나 진실함을 담았고, 솔직함을 담아서 대화를 했었나'라는 질문에 '온 힘을 다하지 못했다'라고 반성하게 된다.

제주 한 달 살이를 돌아보면서 우리는 참 자유로운 직업을 갖고 있다는 생각을 하게 됐다. 그러다 "그래도 우리는 팀워크가 참 좋아. 갑자기 제주도로 가자고 해도 다 이해를 해주고 함께 떠날 수 있었잖아"라고 했을 때였다. 그때 내 제일 좋은 관객이자 공연의 PD이고, 반쪽인 은경이 담담하게 말했다. "그건 이해를 해서가 아니야"라고. 솔직하게 말해서 당황했다. 예상치 못했던 순간에, 예상하지 않았던 대답이었기 때문이었을 거다. 잠깐 말을 어버버 했었던 것 같다. "그럼 이해하지 못하고 갔던 거였어?"라고 되물어 보면서 말이다.

'참 지혜로운 사람이로구나' 하는 감탄을 그때 또 하게 됐더랬다. 자칫 잘못 받아들이고, 순간적으로 욱하는 삐진 마음으로 토라진 대답을 우리 중 누군가가 했었더라면 말다툼이 될 수 있는 그런 아슬아슬한 순간이었는데 그때 또 담담한 목소리로 은경이 이렇게 말하였다. '나도 나를 모르는 데, 어떻게 다른 사람을 다 이해하겠어. 그냥 '이 사람은 이런 사람이지'

라고 받아들이는 거야."

　음, 맞는 말이다. 틀린 말이 없었다. 나도 나를 잘 모르겠다 싶은데, 다른 사람이 나를 어떻게 속속들이 잘 알겠는가. 사람들이 종종 쓰는 '어바웃'이라는 말처럼 범위를 정확하게 정하지는 못하지만 어렴풋하게나마 경계를 느낄 수 있는 그런 공간을 내가 은경에게, 은경이 나에게, 내가 친구 정욱이에게 정욱이가 나에게 갖고 있었구나 싶었다. 은경의 모든 말을 그 의미까지 다 알지 못해도 서로가 통하는 것들이 있는 그런 '사이'가 되고 있었던 것이었다. 제주 한 달 살이에 대해 오고 가는 말 중에 '잠시 진심이 가득 담기지는 않은 말을 했었구나' 싶었다. 생각하는 것을 다 이해시키지 못했어도 아무 이상 없이 우리의 삶이 이어지고, 행복이 유지될 수 있는 건 내가 썼던 단어들이 탁월했기 때문이라기보다 나를 그 자체로 받아들여주고 있었던 은경이라는 존재 덕분이라고 여긴다. 은경의 말과 행동에 대해서도 나 역시 마찬가지로 '저 사람이 저렇게 말하는 건 이유가 있을거야'라고 믿기 때문이다.

　제주 한 달 살이 이후 우리는 '사이'를 조금 더 좁힐 수 있었다. 사람과 사람 사이는 잘 닦인 아스팔트 도로로 연결되는 게 아니라 징검다리를 하나씩 놓으면서 함께 시냇물을 건너가는 것일 수도 있겠구나 싶었다.

만약에 누군가와 정말로 대화가 통하지 않는 답답함을 느끼고 있거나 아니면 다가가고 싶은데 너무나 거리가 멀어서 어찌할 바를 모르겠다 싶은 사이가 있다면 한 걸음에 뛰어가려고 애쓰지 말고, 그쪽으로 징검다리 하나를 놓는다고 생각해 봤으면 어떨까 싶다. 나도 다가가기 위해서 징검다리를 놓고, 상대방도 내 쪽으로 징검다리를 놓고 그러면 얼마 지나지 않아서 서로에게 닿을 수 있게 되겠지? 다가설 수 있는 사이로 좁혀질 거다.

은경과 나도 처음부터 잘 포장된 길로 연결된 사이가 아니었다. 외국에서 우연히 만난 한국 사람들끼리 웃으면서 이야기하고 알고 지내던 사이에서 같은 목적지를 함께 다니는 사이로 좁혀졌다가 내 공연을 찍어주는 PD로 더 가까워졌고, 내 공연을 기록해 주는 것을 넘어서 관객들을 담아내는 작품을 만드는 사람이 될 수 있었던 거다. 각자의 일을 충실하게 하면서 우리 사이는 더 가까워졌고 더 많은 징검다리가 놓여서 어떤 징검다리가 물에 쓸려 내려갔으면 다른 징검다리로 건너갈 수 있을 정도의 가까운 사이가 됐던 거였다. 그렇게 우리는 '부부'가 됐다.

불과 얼마 전에는 머리통을 한대 쥐어박고 싶을 정도로 미웠던 순간이 있었다는 사실도 가물가물할 정도로 마냥 예쁘

기만 한 우리 애들도 은경과 나 사이를 이어주는 소중한 징검다리이기도 하다. '나도 모르는 데 다른 사람은 어떻게 다 이해하겠어'라는 은경의 지혜로운 말이 떠오를수록 위안이 되었다. 살면서 문득 '이 사람이 왜 나를 제대로 알아주지 않을까?'라는 서운한 순간을 만나게 되더라도 '아! 징검다리를 더 놓아야겠구나'라고 여길 수 있게 됐으니까.

이 책을 읽는 이들에게도 이런 내 마음이 잘 전달될 수 있었으면 좋겠다. 혹시 '무슨 말이지?' 싶으면 공연을 보러 오거나 아니면 내 SNS를 통해서 만날 수도 있을 테고, 몇 번 더 읽다 보면 '아, 그런 얘기로구나' 하고 마음속에 징검다리가 하나 더 놓일 수 있을 것 같다.

마냥 '푸르고 싱싱했던' 나도 나이를 조금씩 먹으면서, 결혼을 하고, 아이가 생기면서 변하는 게 있다. 전에는 도전을 한다는 게 재미있었다. 영어도 한마디 할 줄 모르면서 난데없이 호주로 날아가서 '아스팔트에 감자 짓는다'는 식으로 거리 공연을 하는 것도 짜증 나게 힘들면서도 재미있었다. 왜냐하면 내 마음대로 나아가면 되니까.

근데 이제는 그게 아니라는 거다. '도전'이라는 게 나를 마냥 재미있고 행복하게 해주질 못하게 됐다는 거다. 내가 선택할 수 있는 나아갈 길들이 생각보다 많지가 않다는 '현실'과

드디어 만나게 됐던 거다. '반갑다 현실아~ 악수 한 번 하자.' 결혼이라는 건 나 아닌 상대방과의 약속이기도 하니까. 오로지 나 혼자서만 선택할 수 있는 게 아니니까. 과거의 나는 그렇게 잠깐 멈춤을 했었던 거다. 혼자서 두 다리로 걸었다면 이제는 둘이서 이인삼각을 해야 하는 거니까. '이제는 정착을 하자'라는 결론에 도달하게 된 거다.

돌이켜 보면 나는 문"을 하나 지나고 있었던 것 같다. 행복한 어떤 순간들 속에서만 우리가 영원히 살 수는 없잖는가. 그러니 원하든 그렇지 않든 우리 모두는 또 다른 어떤 단계로 넘어가게 되는 것이다. 부모님의 보살핌 속에서 살던 어린아이의 시절이 어느샌가 '엄마는 공부밖에 몰라!'라고 괜한 반항을 하게 하는 질풍노도의 시기로 넘어가는 것처럼. 우리 생의 대부분은 한곳에 머물러 있는 시간보다는 한 단계에서 다른 단계로 넘어가는 '과정'이었지 않았나 싶다. 나중에 한참 형님들에게 한번 물어봐야겠다. 그분들은 어떻게 생각하시는지. 마술사의 짧은 말, "좋은 사람과 그렇지 않은 사람의 차이는 뭔가요?" '내가 나쁜가?'가 고민이 되는 사람은 '좋은 사람' 아닐까?

두 번 만난
어느 소년에 대한 주문

누군가 듣게 된 말, 누군가 읽게 된 글, 누군가 보게 된 순간들은 그 자체로 생명을 갖는다고 말해준 이가 있었다. 어느 시간에인가 무심코 내뱉은 나쁜 생각, 할퀴는 말은 그 자체로 하나의 작은 생명체가 돼서 그걸 듣고, 읽고, 본 이들의 마음을 아프게 하고 다치게 할 수 있다고 했다. 문득 '그렇겠구나' 싶었다.

'당신은 사람들에게 기쁘고 즐거운 순간을 선물하는 것이니 자랑스러워하라'며 그는 떠났다. 어느 거리에서 잠자코 코미디와 마술이 섞인 내 공연을 미소로 보던 초로의 신사. 잠시 만났다 스치듯 사람들 사이로 사라진 그 사람이 문득 떠올랐다.

인터넷을 뒤적이다 구글이 내게 추천해 준 영상들 속에서 다시 만난 이 아이는 지금 행복할까? '그때 그 아이의 엄마가 찍었던 영상이 이거였구나.' 내 공연에서의 조수가 돼서 무척이나 쑥스러워하면서도 열심히 나를 도와주고 따라 하던 소년이 있었다. 어느 날의 해운대 공연에서 만났던 작은 사내아이가 행복하기를 바란다. 휴대전화로 그날의 공연 한 토막을 보면서 마음속으로 주문을 걸었다. '수리수리 마수리. 아이야, 행복해져라~' 즐겁고 기쁨을 느끼게 하는 순간들이 누군가에게 또 닿을 수 있도록. 사랑스러운 내 두 아이와 은경이 행복하기를 바라는 것처럼.

그날따라 신경질적으로 보이던 높은 의자 등받이에 의지하고 있는 마술사가 그렇게 왜소해 보인 적은 없었다. 쇼는 이미 끝났고 관객들은 이제는 올드 해진 마술쇼만큼이나 싸구려틱했다. 열렬한 휘파람 따위는 없었고 한두 번 들리던 진심 어린 관객의 박수소리도 이젠 마술로도 기억해 내지 못할 오래전의 일일뿐이었다.

상체가 쓰러진 듯 구부리고 있는 마술사의 왼손은 그리 크지 않았지만 얼굴 대부분을 가리고 있었다. 예전에는 무척이나 섬세하게 보였던 마술사의 손가락 사이로 삐져나온 머리

카락도 제 주인처럼 힘없이 흘러내려와 있었다. 마술 봉도 이미 땅바닥으로 떨어졌을 터이지만 한껏 풀 죽어 힘없는 마술사의 오른손에 그저 꼽혀있는 것처럼 보였다. 아마 두툼한 손바닥 때문인 것 같았다.

정지 화면 같던 정적을 깨고 무대 바닥에 있는 스피커에서 지지직 하는 전류음과 함께 음악이 흘러나왔다. 나탈리 콜 Natalie Cole의 노래 '언포게더블Unforgettable'이었다. 이미 고인이 된 아버지의 목소리를 불러내 듀엣으로 불렀다던 노래, 왠지 이런 분위기에 잘 어울리는 노래다. 죽은 아버지의 목소리와 함께 노래를 부르는 딸이라니. 얼마나 마술 같은 일인가.

하는 이도 보는 이도 지루한 루틴 같은 공연이 끝났다. 얼마 되지 않던 관객은 모두 떠났고, 객석 앞 허리 높이 정도의 무대에는 커튼도 닫혀있질 않았고, 어둑어둑한 보조조명이 신경질적으로 높은 의자 등받이에 기대앉아 있는 마술사의 수그린 어깨 말고는 비춰줄 게 없는 이제는 변두리 무대의 풍경에도 잘 어울리는 노래.

관객들과 오늘도 저조한 매상 때문에 초조한 주인이 빡빡빡 피워댔던 싸구려 시가의 연기도 비 내린 새벽의 안개 비린내처럼 바닥으로 가라앉아 있었다. 누가 굳이 깨지만 않는다면 평온이랄 수도 있는 적막함이 무대를 감싼 상태였다. 마

술사의 검지가 뜨끔하고 움직였다. "주문을 외워주세요." 마술사는 고개를 들었다. '누구지?'

"주문을 외워주세요."

무릎에 손을 얹고 힘을 주어서야 잔뜩 움츠려 굳은 몸을 마술사는 일으켜 세울 수 있었다. 주문이 아니고서는 일어설 수조차 없을 것 같은 힘겨운 몸이었다. 전에는 이런 사람이 아니었다. "너로구나. 예쁜 꼬마 아가씨!" 앞머리를 일자 커트한 작은 여자아이가 무대 바로 앞에 서 있었다. 객석 바로 앞까지 다가오지 않았다면 보이지 않았을 만큼 작은 여자아이였다.

"주문을 외워주세요."

정말로 마법이라는 게 존재한다면 이런 것인지도 모르겠다 싶었다. 조명이라고는 대부분 다 꺼진 컴컴한 공간에서 여자아이의 눈동자만큼은 눈이 부실만큼 빛이 났고, 마술사는 그 속으로 빨려 들어가고 있는 듯한 착각에 빠졌다.

"으… 음… 아저씨는 더 이상 주문을 외우지 않는단다." 하고 마술사는 말했다.

"왜요?" 아이가 물었다.

"음… 아저씨 가슴속에 분홍색 안개가 사라졌기 때문이란다."

마술은 사실이 아니라는 말을 차마 할 수가 없었다.

"주문을 외워주세요."

아이의 목소리는 위엄 있고 단호했다.

"으… 음…" 바짝 말라버린 입술은 서로 오므려 침을 묻히려 했지만 입속도 메말라 별 소용이 없었다.

"주문을 외워주세요."

마법에라도 이끌린 듯 마술사는 몸을 일으켜 세웠다. 꼬리가 긴 연미복 재킷을 바로잡고는 높다란 모자를 고쳐 썼다. 마술사는 눈을 지그시 감고 하늘을 향해 고개를 들며 입을 열었다.

"수리수리 마수리. 수리수리 마수리."

"수리수리 마수리. 수리수리 마수리."

"수리수리 마수리. 수리수리 마수리. 수리수리 마하 수리…."

갑자기 마술사는 예전의 그로 돌아간 듯 보였다. 힘이 넘치는 목소리로 무대 정면 꼭대기에다 대고 소리를 질렀다. "이봐, 조명이 왜 이 모양이야!"

앞머리를 일자 커트한 여자아이에게 "네가 내 마술이로구나" 하고 웃어주려던 마술사는 잠시 눈을 깜빡이고 있었다.

무대 앞에는 아무도 없었기 때문이었다.

"수리수리 마수리!"

마술과 거리 공연에 대한 얘기를 듣고는 그려진 장면이라며 내게 해준 이야기다. 네팔 대지진 때 눈앞에서 건물이 무너지고 마구 흔들리며 사람들의 비명소리 말고는 아무 소리도 들리지 않을 때, 은경에게 "만약에 우리가 살아서 서울로 돌아가면 결혼하자"라고 말했고, 그 두 달 뒤에 결혼을 했노라고 들려줬던 이야기가 '감명 깊었다'라던 그 사람이 말하기를 "살아 돌아오신 게 그 발리의 헤나 소녀 때문인지도 모르겠네요"라고 했다.

길거리의 관광객들의 손목에 헤나 문신을 해주면서 동전을 받아 그걸로 생활하고 있다던, 눈동자가 까맣고 무척이나 큰 소녀가 힘들게 번 동전을 내 공연을 본 셈으로 웃으며 내더라는 얘기도 '왠지 찡했다'면서 말이다.

그 헤나 소녀가 해준 손목의 별 모양 문신이 나와 은경을 살려준 것인지도 모르겠다던 그 사람의 눈동자가 몇 년 전 우리가 겪었던 네팔 대지진의 참혹한 아수라장으로 날아가고 있는 것 같은 생각이 들었다. 얼마 후 메일로 '나중에 공연에서 꼭 얘기해달라'고 했는데 그 얘기를 여기에 쓰고 있다. 그에게 이 얘기는 하지 않을 예정이다. '그 헤나 소녀는 바라나시에서 만났어요, 발리가 아니라'라고. 아마 했어도 '듣고 행복했으면 됐잖아요'라고 씽긋하고 웃어 주었겠지만. 나는 누군가에게 즐거운 상상을 하게 만든 기쁜 생명체를 우주로 내보낸 것일 테니까.

무기력감에 빠진
사람들을 위한 마술

'큰 지진을 만났지 뭐야'라고 한 줄로 적어버리기에는 너무나 큰 흔들림을 겪으면서 두고두고 많은 생각을 하게 됐다. 보통은 '사람이란 참 놀라운 존재로구나. 이런 일도 해낼 수 있는 게 인간이야. 정말 대단해'라고 생각했지만, 막상 대지진처럼 거대한 자연재해와 맞닥뜨리게 되면 사람이 할 수 있는 일이라는 게 아무것도 없다는 게 아프기도 하고 사람을 무기력하게 만들기도 한다.

그런 경악스러운 현장에서도 '사람'이 어떤 존재가 될 수 있는가에 대한 희망도 함께 보았다. 그날의 공연을 준비하던 우리는 갑작스러운 대지진과 맞닥뜨려 '살아야 한다'는 본능에 의지하며 오토바이를 달려 며칠간 묵고 있던 집으로 돌아갔다. 원래도 그리 달리기 안락하고 편한 도로 사정도 아니었지만 그야말로 난장판이었고 아비규환阿鼻叫喚이었다. 아니 그냥 지옥이었다. 오던 길가에 배경처럼 그냥 서있던 건물들은 땅바닥에서 음험하게 피어오르는 먼지 말고는 존재 자체가 사라졌고, 사람들은 모두 거리로 나와 서성이고 있었다. 길게 살지는 않았지만 그보다 더 허망하고 휑한 풍경은 본 적이 없었던 것 같다. 우여곡절 끝에 집에 도착했는데 놀랍게도 그 집에 살고 있던 사람들은 노래를 부르면서 떨어진 타일 조각들을 치우고 있었다.

당시에는 경황이 없어서 그 모습이 '그냥 그런가 보다' 하고 지나쳤을 뿐이지만, 시간이 지나고 하루가 지날수록 우리가 묵고 있던 집에서 보았던 모습은 두고두고 생각하게 만들었다. TV와 라디오를 통해 대지진의 순간은 지났다는 소리를 전해 들었지만 좀처럼 안심할 수 없는 상황이었기 때문에 집에서 편안하게 잠을 청할 수가 없었다. 건물 안보다는 바깥이 안전하다는 얘기에 집 밖의 고수 밭에서 잠을 자게 됐지만 그런 상황에서 잠이 제대로 올 리가 없었고, 드문드문 으르렁거리듯 이어지는 여진이 일 때마다 깜짝깜짝 놀라며 잠에서 깨어났고 공항에 혼자 있던 호용 형과 문자로 '무사한지, 별일은 없는지'를 수시로 확인하며 그 밤을 보내고 있었다. 달리 그 밖에는 그 시간들을 보내게 할 것도 없었기는 했지만.

그런 거대한 위험과 마주하게 되면 사람의 본성이 튀어나오는다는 게 맞는 말이지 싶었던 것이 대지진과 큰 여진들이 계속되던 그동안 나와 은경은 순간순간 깜짝깜짝 놀랐는데, 같은 집에 묵고 있던 무슬림들은 하나같이 알라신을 향해 끊임없이 기도를 하는 것이었다. '종교를 깊이 믿었더라면 나도 그 사람들처럼 신께 모든 것을 맡기고 기도할 수 있지 않았을까?' 하는 생각도 하게 됐었다. 더 인상적이었던 것은 '네팔리'라고 그들 스스로가 부르는 그곳 네팔 사람들이었다. 그들이라고 그 큰 대지진과 모든 것이 무너지는 혼란이 무섭고 공포스럽지 않았을 리는 없었을 텐데 고수 밭에서 천연덕스럽게 잠을 청하고 또 깊은 수면에 드는 것이었다. '도대체 어떻게 그럴 수가 있을까?' 싶기도 했다.

그러고 보면 대지진이 있던 그 밤에 확연히 다른 세 종류의 사람들이 그 고수 밭에 함께 있었던 셈이다. 깜짝깜짝 놀라서 온몸에 소름이 돋아 있던 코리안과 끊임없이 기도를 하는 무슬림들, 아무 일 없다는 듯한 네팔리들. 옆에 있던 은경의 팔뚝에 여전히 좁쌀처럼 소름이 돋아 있었고 연신 '괜찮아'라며 쓰다듬어주어도 좀처럼 그 소름은 가시지를 않았다. 뭐 실은 나도 마찬가지이기는 했지만. 그 밤, 우리는 서로에게 존재의

깊숙한 곳까지 위안이 되는 사람이 되고 있었다.

다음 날, 우리는 의논할 것도 없이 공항으로 향했다. 일단 그곳을 빨리 벗어나야 한다는 생각이었고, 공항에 있던 호용 형의 안부도 걱정이 됐기 때문이었다. 그래도 드문드문 토막 잠이라도 잘 수 있어서인지 정신이 약간 돌아와 우리를 걱정하고 있던 주위 사람들에게 전화를 걸어 무사하다는 사실을 알려주었다. 전기와 수도는 당연히 끊겨 있었기 때문에 대충 옷가지만 걸쳐 입은 채 우리는 공항으로 향했다.

다행히 하룻밤 사이에 정리가 된 것이었는지 아니면 그 와중에 눈이 그 참상에 익어서인지 공항으로 향하는 도로는 아슬아슬한 고요함으로 가득 차 있었다. 하지만 공항에 도착한 우리의 눈에는 어제와는 또 다른 지옥이 펼쳐져 있었다. 네팔에 이렇게 외국인들이 많았었나 싶을 정도로 공항은 발 디딜 틈조차 없을 정도로 사람들로 가득했고 그들 모두는 한 시라도 빨리 그곳을 떠나기 위해서 야단법석이었다. 누군들 어제보다 더 큰 지진이 다시 들이닥칠지 어쩔지를 확신할 수 없는 그 상황에서 평정을 유지하며 그곳에서 기다릴 수 있었겠나. 은경은 비행기 표가 캔슬이라도 되지 않는지에 대해서 예민하게 상황을 주시하고 있었다. 그나마 너무나 다행히도 2~3초도 이어지지 않고 끊어지는 전화를 붙잡고 간신히 호용 형과

통화를 했고 우리는 공항에서 만났다. 이산가족 상봉이 이렇게 감격스러운 것이었겠구나 싶었고 안심이 됐다.

상황이 눈에 들어오기 시작해서 우왕좌왕하고 있던 사람들 사이에서 무언가를 해야겠다 싶었다. 여기서 일본어가 들리고, 등 뒤에서 한국말이 들리고, 저기서 영어가 들리는 그런 상황에서 공연 때마다 쓰는 태극기를 펼쳐들었다. 한국 사람들이라도 모두 한곳에 모여 있으면 비행기로 함께 탈출을 하든 다른 곳으로 이동하게 되든 누구 하나 떨어지는 일이 없이 함께 행동할 수 있을 것이고, 서로가 위안이 될 수 있으리라고 예상했기 때문이었다. 그렇게 태극기는 이내 한국 사람들을 죄다 불러 모으는 베이스캠프의 역할을 하게 됐다. 처음 보는 사람끼리도 '무사하세요? 어디 다치신 데는 없으세요?'라고 안부를 물으며 '다행'이라고 서로에게 감사해했다. 멀리서 우리를 찾아온 MBC 방송 카메라가 있기에 소식을 좀 알고 싶어 물어보았더니 되려 우리에게 어제 겪었던 대지진에 대한 인터뷰를 하자길래 전날의 기억을 되살려 얘기를 해주었다.

우리의 비행기 표는 며칠 후였기 때문에 상황은 좀 더 좋지 않아서 일단 호용 형과 근처 가게를 어렵사리 찾아서 생수와 초콜릿을 사서 은경에게로 돌아왔다. 그 와중에 에비앙과

길리안이라니…. 평소보다 비싸더라도 살 수 있다는 사실만으로도 감사했을 따름이었다. 공항 안에 있던 널따란 잔디밭에 앉아서 별일 없는 듯, 그리 놀라지 않은 것처럼 시시껄렁한 웃음을 지으며 이런저런 얘기를 나눴지만 서로의 얼굴에는 전혀 풀리지 않은 긴장이, 추위에 딱딱 이빨 부딪히는 소리를 내고 있는 듯했다. 그 와중에 비는 왜 그리도 추적추적 내리는지, 비까지 내리자 추위가 우리를 괴롭혔다. 혹시라도 다시 지진이 들이닥치면 어디로 튀어나가야 하는지에 대해 걱정으로 주변을 두리번거리고 있던 차에, 물과 과자를 사람들에게 나눠주고 있는 네팔 젊은이들이 우리의 눈에 들어왔다. 세상에….

　다행히 우리는 어디 하나 다친 곳 없이 대지진을 무사히 겪어낼 수 있었다. 그 지옥 같던 상황에서 닷새를 그곳에서 보냈다. 내가 먼저 살고, 우리가 먼저 안전하려고 뛰었고 배가 고파서, 굶을까 봐 식량을 구했을 뿐인데 모든 것이 무너진 그 와중에도 자기네 사람들을 도와줘서 고맙다고 자기 지갑을 털어서 밥을 사주고, 과자와 생수를 나눠주던 네팔 대학생들을 잊을 수가 없다. 세상에 어떻게 사람들이 그럴 수가 있을까? 그들에게 진심으로 고맙고 감사하다는 인사도 제대로 못하고 왔던 게 두고두고 안타깝다. 늦었지만 그들에게 넘치는 신의 축복만이 함께 하기를 기원한다.

그 네팔리 대학생들은 이후로 내게 많은 생각을 하게 했다. 그들처럼 '누군가에게 기쁨이나 희망을 줄 수 있는 삶을 살았을까?'를 고민하게 됐다. 모두가 절망에 빠져있거나, 아무것도 할 수 없었노라는 무기력감에 빠져 멍~하니 있는 그런 와중에도 덤덤하게 무언가를 하고, 또 별것 아닐 수도 있는 감사한 순간을 기억하며 그걸 표현하는 그림 '작지만 위대한 사람들'처럼 말이다.

"대지진을 겪고 나니 뭐가 달라지던가요?"라는 질문을 만약 받는다면 나는 이렇게 달라졌노라고 말할 수 있을 것 같다. 미술에 대한 사랑이 더욱 깊어졌고, 미술사라는 일에 대해서 더욱 감사하게 되었다고. 대지진 앞에서 무기력할 수밖에 없던 우리에게 다리를 절던 그 네팔 대학생들이 주었던 것이 과자와 생수가 아니라 놀라운 미술이었는지도 모르겠다. 무기력에 빠진 이들을 위한 미술…. 미술을 통해서 나도 누군가들에게 기쁨의 순간과, 즐거운 기억을 선물할 수 있다는 사실이 더없이 감사하고 기쁘게 다가왔다. 그래서 이 직업이 너무나 좋다.

일전에 "미술을 하면 좋은 게 뭐가 있나요?"라고 누가 물어보길래 '흠…' 하고 생각을 좀 했다. "사람들을 기쁘게 하고 웃음을 줄 수 있어요." 그렇게 대답하면 제일 무난하겠지만 너무 뻔한 대답이라 '재미없잖아?' 물어본 사람에게 '아~' 하는 놀라움이나 예상하지 못했던 대답으로 기쁨을 주고 싶었다. 왜냐하면 나는 마술사니까.

마술을 해서 가장 좋은 점은 '나도 할 수 있어'라는 자신감을 갖게 되는 게 아닐까 싶다. 내 공연 피날레로 자주 등장하는 테이블이 공중으로 날아오르는 마술이나 카드를 사라지게 하는 마술을 보고 나면 관객 한두 명씩은 "그건 어떻게 하는 거예요?"라고 물어본다. 하지만 내게 무슨 초능력이 있어서 카드를 없애버리거나 테이블을 날게 만드는 것은 물론 아니다. 관객들도 대부분 그렇게 생각하겠지만.

그 마술의 비밀을 말해 줄 수는 없지만 어떤 마술이든 하나하나 과정을 반복해서 들여다보고 몇 날 며칠을 곰곰이 생각하다 보면 어느 순간엔가 '아~ 이렇게 하는 거겠구나' 하는 원리가 떠오르게 된다. 그걸 마술로 바꾸는 방법을 다시 고민하고 몸에 완전히 익혀지도록 연습하고 또 연습하면 된다. 그게 마술의 원리이고 비밀이다. 눈을 감고서도 할 수 있을 정도로 연습하다 보면 말로는 잘 설명하기 힘들지만 분명히 알게 되는 어떤 것이 생기게 된다. 뭐 이를테면 '감感'이랄까?

농구 선수 무톰보Mutombo가 신인이었을 때, NBA의 전설

마이클 조던Michael Jordan과 처음 맞붙었는데 번번이 그를 막지 못해서 약이 바싹 올랐다고 한다. 그러다 조던이 자유투를 쏘려고 하자 무톰보가 "네가 아무리 농구를 잘해도 눈을 감고 슛을 쏘지는 못할걸"이라고 이죽거렸는데, 그 말을 들은 마이클 조던이 씩 웃더니 눈을 감고 공을 던지고는 무톰보에게 이렇게 말하더란다. "웰컴 투 더 엔비에이Welcome To The NBA." 물론 자유투는 림을 깔끔하게 통과했다.

열심히 연습하고 또 하고 더 하면 무언가 생기는 게 있다. 그런 게, 과학적으로 증명할 수 없을지도 모르고 논리에 어긋날지도 모르겠지만 분명히 세상에 존재하는 것들이 있는 것처럼, 불가능해 보이고 말도 안 되는 것처럼 보이는 것들도 '저건 어떻게 하는 걸까?'라고 의문을 품고 비밀을 알아내려고 고민하고 생각하다 보면 머릿속에서 무언가 '유레카 Eureka' 하고 깨우쳐지는 게 있다. 그게 마술을 하면 가장 좋은 점이 아닐까 싶다.

관객들과 수다스럽다 싶을 정도로 말을 많이 주고받는 나름 소통형 공연가이다 보니 아직 관객은 아닌 단지 지나가고 있는 분에게도 말을 거는 경우가 종종 있다. 공연을 하다 보면 왠지 근심에 잔뜩 젖어 처진 어깨를 하고 터덜터덜 걷는 사람들을 자주 본다. "무슨 걱정 있으세요?"라고 말을 건네면 가정사, 연애사와 같은 고민거리를 말하는 사람들도 많다.

절대 망할 리 없고 오를 일만 있다던 어느 회사의 주식은 구만 전자에서 오만 전자까지 떨어졌고, 잘은 모르지만 무슨 코인은 뼛가루가 되도록 박살이 나고 있어서 그럴지도 모르겠지만 요즘 들어 부쩍 어깨가 축 처져 끌리듯 걷는 사람들이 많다. 간신히 어느 정도는 코로나19가 극복되어 앞으로는 즐거울 일만 남은 것 같았는데 말이다. 그래도 힘을 내야지. 언제는 안 힘들었고, 어려움이 없었나? 인생 원래 그런 거지. 즐거운 공연 한번 보고 실컷 웃은 다음 또 내일을 삽시다. "그럼 지금 이거 보세요"라고 말한다.

코미디와 마술을 잘 버무린 내 공연을 보면서 어린아이처럼 한껏 웃다 보면 잠깐이나마 고민거리, 근심 걱정을 잊을 수 있기 때문이다. 이 책을 읽으면서 그런 고민이나 걱정에서 벗어날 수 있는 방법을 찾을 수 있기를 바란다.

이를테면 '나는 왜 제대로 할 줄 아는 게 없을까?' '직장을 그만두게 돼서 앞이 캄캄하네요' '우리 애는 공부를 못해서 큰일이에요' 같은 고민에도 무슨 방법이 분명 있을 것이라고 믿는다.

서울 제기동인가에 있다는 무슨 연구원에 다니는 친구는 정말 소중한 시계가 사무실에서 없어져서 친한 블로그 이웃에게 쪽지를 보냈더란다. 여기저기 뒤져보고 서랍도 다 꺼내서 찾아봤어도 없었고 점심 먹으러 갔던 식당부터 회사 화장실까지 뒤지고 다니다 보니 행방은 묘연하고 점점 더 불안해지고 눈물이 왈칵 쏟아졌다고 한다. 내가 왜 이러지 싶어서 어쩔 줄 몰라서 그냥 갑자기 그 이웃에게 물어보고 싶었더란다.

사실 말도 안 되는 소리기는 하다. 나와 다를 바 없는 평범한 소시민인 그 블로그 이웃이 와본 적도 없는 자기 사무실에서, 어떻게 생겼는지도 모를 시계의 행방을 무슨 수로 찾겠나. 이런 상황에서 뜻밖에 곧장 쪽지가 오더란다. '당장 찾기를 멈추고 밖에 나가서 커피 한 잔 마셔요. 달달한 걸로. 내일 출근해서 혼잣말을 이렇게 하면서 다시 찾아봐요. '어디~ 찾아볼 거나?' 쪽지를 갑자기 보낸 사람이나 답장을 한 사람이나 싶었다.

시계를 잃어버렸던 그 친구는 다음 날, 자기 사무실 서랍에서 시계를 찾았더란다. 나를 지금 너무나 힘들게 하고, 도저히 해결할 수 없을 것 같은 고민덩어리 중에서 정말로 해결할 수 없고, 좌절해 마땅한 건 사실 얼마 없다. 쉽게 만나지지도 않는다. 그냥 내가 점점 더 구덩이를 파고 바닥으로 들어가기 때문에 빛이 더 보이지 않게 되고 그래서 답을 찾기가 더 어려워지니까.

불가능해 보이거나 말도 안 되는 일이 눈앞에서 펼쳐지게 하는 게 마술이지만, 그건 피나는 연습과 원리를 알기 위해서 쏟아부은 몇 날 며칠의 고민의 덕분인 것처럼. 그래서 공연 때마다 이렇게 소리쳐 묻는다.

"두 유 라이크 매직?

모두 함께 소리쳐~ 예~

목소리 높여~예~."

시도해야 비로소
보이는 것들에 대한 이야기

마술은 '할 수 없어'라는 무기력감이나 '나 같은 사람이 어떻게'라고 스스로를 가두고 낮추려 하는 마음에서 탈출구를 만들어 주기도 한다. '뭐든 해 보자. 할 수 있을 거야'라는 생각을 갖게 한다고나 할까? 우리가 살아가는 삶은 의외로 예상보다 불가능한 것이 그리 많지 않은지도 모른다 싶기도 하다. 그와 같은 생각을 가졌고 실제로 무언가를 했고 해낸 사람에 대한 이야기를 해보겠다.

어떤 사람이 큰 부자에게 말했다.

"당신이 배를 사주면 내가 배를 만들겠소."

그를 잠시 쳐다보던 부자가 말했다.

"좋소. 내가 당신의 배를 사겠소."

그러자 그가 다시 말했다.

"배를 만들려면 돈이 필요하니 얼마간의 돈을 주시오."

부자가 말했다. "좋소. 돈을 주겠소."

돈을 구한 사람이 은행에 찾아가서 말했다.

"계약금을 받았으니 배 만들 공장을 지을 돈을 빌려주시오."

하지만 사실 그 사람은 배를 만들어 본 적이 없었다.

몇 년 후 이 사람은 약속했던 대로 배를 만들어 부자에게
보내주었다.

어렸을 적 읽었던 동화책이나 영화 같은 데나 나올 법한 말
도 안 되는 이야기처럼 들리지만 이는 실화라고 한다. 허구라
면 심드렁해도 실화라면 또 눈이 동그래지는 게 사람이니까.
이 얘기를 듣고 '마술 같은 얘기네' 싶었는데 문득 호주에서
처음 거리공연을 시작했을 때가 떠올랐다. 벌써 10년 하고도
몇 년이나 된 얘기가 됐구나 싶은데, 제대하고 아무런 연고도
없고, 영어도 한마디 할 줄 모르는 상태에서 무작정 호주로

날아간 것이 2009년 봄이었고 맨땅에서 3년간 삽질을 했다.

'무슨 객기였니?'라고 물어보면 아마도 '마술 병이었으니까'라고 대답할 수밖에 없을 것 같기는 하다. 당시 '눈을 떠보니 여기는 어디? 호주네?' 물어보니 다들 '그렇긴 했지'라고 하던데 세상 일 모르는 게 없고, 하려고 하면 못할 일이 없을 것 같은 말년 병장을 끝내고 막 제대를 한 여유 때문이었는지는 모르겠지만 그냥, 왠지 호주에 가고 싶었고 거리에서 마술을 보여주며 공연하고 싶었다. 너무나.

그때에도 내 속에서는 '가보자. 뭐 어때? 해보는 거야'라는 소리가 들렸었다. 아니 그렇게 믿고 싶었던 것인지도 모르겠지만 당시 내 캐리어를 꽉 채우고 있었던 주섬주섬 챙겨 넣은 마술도구 몇 가지 때문이 아니라 내 공연의 동반자인 태극기가 '대한 남아의 힘을 보여줘'라고 얼마간의 용기를 주었던 덕분인지도 모르겠다. 그게 정말로 용기였는지 객기였는지 혹은 만용이었는지 구분할 수는 없었지만…. 여하간 호주행 비행기가 하늘로 붕~하고 날아올랐다.

이제는 익숙한 형태가 된 거리의 마술 공연을 우리나라에서 처음 시작한 나이지만 지금도 공연을 앞두고는 늘 가슴이 두근두근한다. 설레는 마음이다. 이 익숙한 느낌이 늘 좋다. 뭔가 좋은 일이 일어날 것만 같은 느낌이다. 호주에 도착한

다음 두근거리는 가슴을 안고 마술 공연을 할 도구와 간단한 장비들을 캐리어에 넣고 마땅한 장소를 찾아 나섰다. 사람들이 많이 오가면서도 널찍하고 조용해서 공연이 시작되면 단박에 사람들이 나를 주목하고 모여들 수 있는 그런 공간을 원했다. 하지만 한국이나 호주나 또는 세상 어느 곳에도 그런 공간이 있을 확률은 아주 작다. 게다가 호주가 처음이었으니까 그런 공간이 '저 여기 있어요'라고 수줍게 손을 들고 기다릴 리가 없지 않겠는가?

사실 거리 공연의 또 다른 맛이 그런 데 있어서, 뭔가 부족하고 아쉬운 상태에서 '일단 해 보자. 별 수 없잖아?'라는 결핍의 마음으로 시작하고 그런 열악한 상태에서의 마술이 사람들로부터 박수갈채를 받을 때 느끼게 되는 짜릿한 감정이 있다. 그래서 '해봐야 알 수 있다니까? 생각만 하고 있으면 절대로 몰라. 그냥 해봐'라고 다그치듯 등을 떠밀고는 한다. 세상에는 시도를 해봐야만 비로소 알게 되는 소중한 것들이 너무나 많으니까.

그렇게 첫 번째 호주 거리 공연을 위해 장소를 찾던 내 눈에 멜버른 도서관이 들어왔다. 멋진 동상이 서 있는 널찍하고 오가는 사람이 많은 '딱이다' 싶은 공간이었다. '저기로구나' 싶어서 바리바리 싸간 마술도구와 장비를 꺼냈고, 준비해 간 태극기와 호주 국기를 작은 스탠드에 세우고는 마술을 시작했다.

정작 맞닥뜨렸던 문제는 마술이 아니라 다른 데에 있었다. 어떻게 거리 공연을 해야 하는지에 대한 문화적 지식이 없었다는 것이었고 특히나 '영어'가 안 된다는 것이다. 무척이나 절박하게 느낀 것이어서 "혹시 학교 다니세요? 영어 시간에 열심히 공부하세요. 안 그러면 고생합니다." 이런 말을 한다. 그래서인지 학교 다니는 자녀를 둔 어머님들이 내 공연을 좋아하는 지도 모르겠다.

호주에서 했던 거리공연이 특히나 어려웠던 이유는 '커뮤니케이션' 때문이었는데 일반적인 마술공연의 경우에는 공연장에 모인 사람들을 대상으로 마술을 하기 때문에 기본적으로 내가 무슨 말을 하든, 어떤 행동을 하든 잘 지켜본다. 그래서 공연장에서는 마술이나 공연의 흐름이 끊어지지 않게 물 흐르듯 이어가는 것이 어렵지 않은데 거리공연은 그렇지 않다. 게다가 나는 영어도 할 줄 몰랐다. 유창한 잉글리시는 커녕 콩글리시도 잘 못하던 내가 호주 사람들에게 영어로 마술을 하는 것이 예상했던 것보다 훨씬 답답한 상황이었지만 내가 누군가, 이제 막 제대한 군인이자 태극기가 도와주는 대한 건아였다.

답이 없어 보이는 상황도 막상 시도해 보면 무언가 해결점

이 나타나게 마련이다. 잠시 어찌할 바를 몰라 당황했던 나는 이내 마음을 가다듬을 수 있었다. '뭐 어때? 못 알아들으니까 잘못 말해도 상관없잖아?' 싶어서 스케치북에 간단한 영어로 글을 써서 관객들의 시선을 내게로 이끌어 오게끔 했다. 뭐, 그것 말고 달리 뾰족한 수가 없기도 했지만.

호주에서의 첫 번째 거리 공연은 어떻게 끝이 났는지 기억도 나지 않을 정도로 긴장한 상태에서 마쳤다. 그런 상태로 며칠의 루틴이 반복됐고 '조~금씩' 거리공연에 적응하기 시작했다. 여전히 영어라는 장벽이 큰 숙제로 남아있었지만.

지금도 공연 때 자주 쓰는 구호처럼 "두 유 라이크 매직?"이라고 외치는 데 길거리를 바쁘게 오가던 사람들의 이목을 순간적으로 잡아끄는 데 그만한 것도 없다는 것을 그때의 호주에서 깨달았다. 어느 날, 조금씩 붙어간 자신감처럼 내 공연을 지켜보는 관객들도 늘어나기 시작했고 그중에는 호주에 공부하려 온 한국인 유학생들과 교포들도 있었는데 "영어도 제대로 못하는 네가 어찌나 안쓰럽던지…"라면서 내 메가폰을 어깨에 메고는 자청해서 공연을 보던 외국인들에게 통역을 해주던 한스 형님도 그중 한 명이었다. 그건 계획에 없었다. 전혀 예상치도 못 했던 일이 일어난 것이었다.

'시도해 봐야 알게 된다니까'라고 말할 수 있는 건 마술이 아니라 이런 경험 덕분이다. 영어도 못하면서 호주 사람들에게 마술을 한다며 무작정 찾아온 나를 안쓰러워하며 날아든 날개 없는 천사들이 있을 것이라는 걸 어떻게 미리 알 수가 있겠는가. 해보지 않았으면.

내가 아는 어떤 부부는 서로 전혀 알지 못하는 사이였지만 인터넷을 통해 알게 돼서 사랑에 빠지게 됐는데, 알고 보니 40년 전에 아주 잠깐 같은 초등학교를 다닌 적이 있다고 한다. 얼굴도, 이름도, 나이도, 사는 곳도 아무것도 모르는 사이였지만 왠지 모를 끌림 같은 게 있었다고 했다. 그것에 끌려 한 발을 서로 내디뎠고 그렇게 함께 삶을 살아가는 사이가 됐다고 한다. 한 발을 앞으로 내디뎠다는 그 작은 용기 혹은 무작정 호주로 떠났던 내 객기 혹은 만용 같은 뭐 그런 것들 말이다. 그러면 무언가가 시작된다고 믿는다.

그런 사연들이 내 공연보다 더 마술 같은 일이 아닐까? '인연도 마술'이라고 하는가 보다. 책을 쓰려고 예전 수첩이나 다이어리, 사진첩 등을 뒤적이고 그때 있었던 일들을 떠올리면서 문득 '산다는 게 마술하고 비슷한 게 참 많구나' 싶어진다.

처음 보는 사람들 속에 있어도 '당신이 마음속으로 생각한 카드를 사라지게 해볼게요'라면서 몇 장짜리 포커 카드 마술로 사람들을 놀라게 할 수 있지만 사실 그건 전혀 불가능한 일이 일어났기 때문이 아니라는 것은 나도 알고, 그걸 보고 있는 사람들도 모두 잘 안다. 그렇지 않을까? '아니 도대체 이게 어떻게 된 거지?'라며 놀라워하고 '와우Wow~' '오 마이 데이즈Oh My Days~'라고 깜짝 놀라는 시늉을 해도 결국 사라진 그 카드가 다시 눈앞에 나타날 것이라는 것쯤은 다들 짐작하는 것처럼.

"장사 하루 이틀 하는 게 아니잖아?"

공연하는 마술에 대해서 어떻게 하는 것인지를 집요하게 궁금해하고 물어보는 사람들이 종종 있는데, 간단하게 따라 할 수 있는 기본적인 마술에 대해서는 '이건 이렇게 하는 거예요'라고 설명을 해주기도 한다. 그러면 '아, 그렇구나' 하고 쉽게 알아듣는데 원리만 알면 누구나 따라 할 수 있는 마술도 많이 있다.

한데 우리가 하루하루를 살아가는 것도 그것과 비슷하지 않을까? 해보면 할 수 있는 것들이 너무나 많은 데 정작 아무것도 시도하지 않아서 불가능의 공간에 마냥 남아있게 되는 것들이 우리를 힘들고 슬프게 하는 것일 수도 있다.

앞서 소개했지만 한 번도 배를 만들어본 적이 없는 사람이 다짜고짜 '당신이 돈을 주면 배를 만들 테니 사라'고 요구를 하고, 또 그 얘기를 듣고는 돈을 주고 결국 배를 산 사람에 대한 얘기도 마찬가지가 아닐까? 전체의 이야기를 들으면 도저히 있을 수 없는 불가능한 이야기처럼 들리지만, 그 과정을 하나하나 뜯어보면 '가능할 수도 있겠구나' 하고 고개를 끄덕이게 되는 것처럼 말이다.

나중에 이 무모해 보이는 사람에게 "선박 건조 경험도 없이 어떻게 배를 만들 수 있었습니까?"라고 기자가 물었더니, "배를 만든 적은 없지만 만드는 과정을 보니까 배 만드는 게, 집 짓는 것하고 같더라고. 그래서 할 수 있다고 생각한 거지"라고 답했단다.

결국 이 사람은 성공적으로 배를 만들었고, 그의 무모함 혹은 배짱을 받아들였던 큰 부자도 이렇게 말했다고 한다. "어차피 큰 규모의 계약에는 보험이 필요한데, 약속을 못 지키면 보험금을 청구하면 되니까?"

'마술 같은 일이로군' '기적이나 다를 바 없어'라며 사람들이 놀라워하는 일도 대부분 이렇게 하나하나 잘게 나누고 쪼개보면 도저히 넘을 수 없을 것처럼 보이던 큰 벽도 도전해볼 만한 크기의 담으로 낮아진다. 그렇게 하나씩 단계를 밟아 진행하다 보면 결국에는 '아니 내가 이걸 해냈던 말인가?'라고 놀랄 정도의 무언가를 이뤄내는 것이 가능하다고 여긴다.

사람이 살면서 만나는 힘들고 불가능해 보이는 숙제 앞에서 늘 고민하고 좌절하게 되지만 그건 어느 누구나 겪는 일이 아닐까? 다만 그 앞에서 포기하고 시도조차 안 해보는 사람이 있는가 하면 '한번 해 보자'라고 앞으로 나아가는 사람이 있기 때문에 결국은 인생을 늘 후회 속에서 보내는 사람이 있고, 한편으로는 성취감을 맛보며 성공을 하는 사람들이 동시에 존재하는 것이 아닐까?

관객들이 보기에 '저게 어떻게 되지?'라고 하는 마술도 마찬가지다. 정말로 불가능한 것을 마술로 가능하게 해주지는 않는다. 내가 정말로 좋은 마술사, 능력 있고 훌륭한 마술사가 된다면 죽은 사람을 살아 돌아오게 할 수 있을까?

언젠가 한 TV 예능 프로그램에서 예능인 강호동이 이런 말을 했었다. "안 되는 건 안 되는 거다." 마술도 인생도 마찬가지 아닐까? 안 되는 걸 되게 하자는 게 아니라, 해보면 될 수 있을지 모르는 일을 해보자고 하는 거다. 해보면 할 수 있었던 일을 하지 않아서 못했다면 얼마나 억울할까?

도저히 할 수 없는 안 되는 일에 도전하라는 것이 아니라 불가능해 보이는 일을 객관적으로 차분하게 관찰하고 방법을 찾아보면 실마리가 보인다고 믿어왔다. 아마 영어 한마디 할 줄 모르고, 아는 사람도 없는 낯선 호주로 무작정 찾아가

거리 마술을 하겠다는 배짱을 부렸던 것도 그런 이유에서였는지도 모르겠다. '나는 마술을 할 줄 알고, 마술을 좋아하는 사람들이 있고, 호주에도 사람이 살고. 그럼 방법이 있겠지 뭐'라고 단순하게 생각했다.

한 번도 만들어 보지 않은 큰 배를 만들어 판 그 사람이 입버릇처럼 한 말이 이거였다고 한다. "이것 봐, 해보긴 해봤어?" 현대건설의 창업자 고ゅ 정주영 회장의 이야기였다. 집만 만들던 사람이 난데없이 큰 배를 만들겠다는 객기를 부렸던 배짱에는 그런 냉철함이 숨어있었던가 보다. 나도 숟가락을 얹어보고 싶다. 지금 내 눈앞에 보이는 답답한 것이 무엇이든 간에 일단 해보는 거다.

내가 헛되이 흘려보낸
'오늘'이 어제 그가 바라던 '내일'

어느 날 거리공연 중에 한 인상 좋은 할아버지가 만면에 웃음을 띠고, 흐뭇하게 내 공연을 보고 계셨다. 공연에 집중하느라 '재미있으신가 보다'라는 생각만 했을 뿐인 내게 공연이 끝나자 모자에 지폐를 넣어 주시면서 말을 건네는 그 할아버지는 알고 보니 영국에서 오신 마술사였다. 그것도 무려 54년 동안 마술을 하셨다는 것에 놀랄 수밖에 없었다. 내 나이의 두 배나 되는 긴 시간이 아닌가.

마술사 할아버지와 '업계 사람들끼리'의 대화를 나누며 짧지만 즐거운 시간을 보내고 나서 문득 그런 생각이 드는 것이다. 사람의 평균 수명이 길어져서 누구나 100세를 살게 되는 그런 세상이 된다고 하는 데 군대를 다녀오고 대학을 졸

업하면 대충 서른 살쯤 된다치고 그리고 나서 70년을 더 산다는 얘기다.

앞서 말했듯 '45세가 정년이고 56세까지 회사를 다니면 도둑놈이라는 사오정, 오륙도라는 말도 벌써 예전 얘기가 되고 있다는데 그럼 사람들은 남은 사오십 년 동안 어떻게 된다는 것일까?' 하는 생각을 했다. '나는 얼마나 오래 마술을 할 수 있을까?'라는 고민과 함께. 그 할아버지 마술사와 찍었던 그 사진을 보면서 다시금 해보게 된다. 같은 날 보았던 아홉 살, 열두 살짜리 남매 저글러들의 공연도 떠올랐다.

'얼마나 열심히 살고 있는가?'라는 생각만 하고 살았던 것 같다. 20년 가까이 마술만 하면서 열심히 살았지만 '나는 얼마만큼 왔을까?' 싶은 마음에 '나는 그 할아버지 마술사처럼 오래도록 공연으로 사람들에게 즐거움을 줄 수 있을까?' 하는 걱정이 들었다.

오래도록 마술을 할 수 있으려면 어떻게 살아야 할지 그리고 어떤 것들을 더 배우고 준비하고, 행동해야 할지에 대해서 마음이 가라앉는 그런 하루가 곁에 와 있었다. 문득 오늘 하루의 내 삶이 힘들었다 어떻다 하기 보다 '내일은 어떻게 열심히 살 수 있을까?' 하는 마음이 무겁게 다가왔다.

나는 어디로 가고 있고, 제대로 가고 있으며, 바른길로 가고 있을까? 혹시 오늘 공연이 잘 안됐다고 내가 아닌 누군가에게 '관객들이 수준이 좀 낮았어'라고 탓을 하지는 않았는지, 관객들의 열렬한 박수갈채를 받았다고 '내가 최고야'라고 자만하지 않았는지. 무엇보다 오늘 하루를 온 힘을 다해 살았는지. '달에 가 본 사람은 있어도 내일에 가 본 사람은 없다'는 말처럼 내일은 생각하지 않고 오늘만 보며 살지는 않았는지.

문득 어느 고속도로 휴게소 화장실에 적혀 있던 '오늘 당신 헛되이 흘려보낸 하루는 어제 죽은 이가 그토록 바라던 내일이다'라는 문구가 떠올랐다. 아마 열심히 하고 있는 무료 봉사 공연인 '행복 콘서트'가 더 많이 알려져서 사람들을 기쁘게 할 수 있는 재능을 가진 다른 많은 사람들이 '나도 참여하고 싶다'라고 손을 잡고 더 많은 기쁨을 나눠줄 수 있는 플랫폼으로 성장한다면 그 '내일'을 기쁘게 맞이할 수 있지 않을까?

아싸의 삶을 살고 있는
핵인싸가 하고 싶은 말

세상에는 세 가지 종류의 일이 있다.

계획을 했고, 그걸 성취하는 일

계획을 했지만 성취하지 못한 일

계획도 하지 않았고 성취하지도 못한 일

머릿속으로 생각하길 좋아하는 사람들은 네 번째 유형을 떠올린다. 계획은 하지 않았지만 우연히 성공하는 그런 경우도 있지 않았겠느냐? 뭐 그럴 수도 있지 않느냐. 그런 경우 말이다.

그런데 말이다~ 길지 않지만 살아보니, '계획도 하지 않았는데 성취했더라' 하는 그런 일은 없다는 걸 깨달았다. 우연히 성공했다? 운이 좋았을 뿐이라는 건 거짓말이다. 노력하고 또 노력했고 운도 따라서 성공하는 것이지 아무것도 하지 않았는데 성공하는 그런 일은 없다. 일어나지 않는다. 적어도 당신과 나 같은 평범한 사람들에게는 그렇지 않을까? 뭔가를 해보려고 해도 아마 잘 안될 거다. 머릿속으로는 될 것 같은데 남들이 인터넷에 써놓은 걸 보면 될 것도 같은데 막상 해보면 그렇다. 안 된다.

미국 메이저 리그 100년사를 다시 쓰고 있는 일본의 오타니 쇼헤이大谷翔平 선수가 경기하는 걸 인터넷으로 몇 번 본 적이 있는데 '야~ 저런 사람이 있을 수가 있구나' 싶었다. 덩치 큰 서양 선수들보다도 더 큰 훤칠한 키에 딱 벌어진 어깨에 조막만 한 머리에 만화를 찢고 나온 것처럼 선하고 잘 생긴 얼굴. 게다가 투수도 일류인데 타자로도 훌륭하고 발도 빨라서 도루도 한다? 뭐 이런 사기 캐릭터가 다 있나? 싶었다. 솔직히 자괴감이 안 느껴지면 그게 더 이상하다.

이렇게 어마어마한 DNA를 물려받았다는 오타니 선수가 고등학교 때 자기 자신의 장래 계획에 대해서 세웠다는 '만다라트 계획표'라는 걸 보게 됐다. 그걸 보고는 얼마나 깜짝 놀랐는지 그게 더 자괴감이 느껴졌다. '아니 이런 걸 고등 학생

몸관리	영양제 먹기	FSQ 90kg	인스텝 개선	몸통 강화	축 흔들지 않기	각도를 만든다	위에서부터 공을 던진다	손목 강화
유연성	몸 만들기	RSQ 130kg	릴리즈 포인트 안정	제구	불안정 없애기	힘 모으기	구위	하반신 주도
스테미너	가동역	식사 저녁7숟갈 아침3숟갈	하체 강화	몸을 열지 않기	멘탈을 컨트롤	볼을 앞에서 릴리즈	회전수 증가	가동력
뚜렷한 목표·목적	일희일비 하지 않기	머리는 차갑게 심장은 뜨겁게	몸 만들기	제구	구위	축을 돌리기	하체 강화	체중 증가
핀치에 강하게	멘탈	분위기에 휩쓸리지 않기	멘탈	8구단 드래프트 1순위	스피드 160km/h	몸통 강화	스피드 160km/h	어깨주변 강화
마음의 파도를 안만들기	승리에 대한 집념	동료를 배려하는 마음	인간성	운	변화구	가동력	라이너 캐치볼	피칭 늘리기
감성	사랑받는 사람	계획성	인사하기	쓰레기 줍기	부실 청소	카운트볼 늘리기	포크볼 완성	슬라이더 구위
배려	인간성	감사	물건을 소중히 쓰자	운	심판을 대하는 태도	늦게 낙차가 있는 커브	변화구	좌타자 결정구
예의	신뢰받는 사람	지속력	긍정적 사고	응원받는 사람	책읽기	직구와 같은 폼으로 던지기	스트라이크 볼을 던질 때 제구	거리를 상상하기

https://www.superookie.com/contents/58ad51348b129f715f45c49f

이 했다고?'라는 생각이 들어서였다.

결국 사람이 겪고 고민하고 갈등하는 문제들의 거의 대부분은 '하고 싶은데 하지 못해서' 생기는 거다. 분명히 다행인 것은 '하지도 않았는데 저절로 됐다'라는 따위의 기적은 존재하지 않는다는 거다. 타고난 DNA라는 오타니 선수도 '드래프트 1순위'가 되기 위해서 여덟 가지 목표를 세웠고, 그 하나하나의 목표를 달성하려고 그렇게나 열심히 했다고 한다. 그러므로 결국에는 '행동하느냐 아니냐'의 차이가 아닐까.

새로운 마술을 하나 개발하고 연습하며 공연하는 것도 마찬가지다. 머릿속으로는 '이러저러하게 하면 되겠지? 사람들이 좋아하겠지?' 싶었는데 막상 연습해 보면 잘 안되기 일쑤고, 반응도 시원치 않을 때도 많다.

그러면 어떻게 할까? 그냥 포기할까? 그럼 쉽기는 하다. 그냥 안 하면 되니까. 하지 않으면 실패할 일도 없고, 실패했기 때문에 실망하고 마음 상할 일도 없으니까. 지금 힘들고 막 행복해서 미칠 것 같지는 않더라도 그래서 해봐야 된다. 뭐든 '한 번 해볼까?' 싶으면 해보는 거다. 잘 안돼도 그냥 또 해보고 또 해보라. 사람들 잘 모르게 혼자서 해보는 거다. 사람들한테 말하지 않고 잠깐 홀로 떨어져서 거리를 두더라도 말이다. 그렇게 하고 또 하고 하고 또 하고 더 하다 보면 언젠가는 갑자기 된다. 그런 때가 분명히 온다. 왜 이렇게 자신 있게 말할 수 있는가 하면 애초에 불가능한 것을 연습한 게 아니니까. 당신이 갑자기 재벌이 되겠다고 꿈꾸는 건 아니지 않는가.

우리가 뭐 그렇게 큰 꿈꾸는 건 아니다. 사실 생각해 보면 할 수 있겠다 싶은 걸 꿈꾼다. 대부분 그렇다. 공무원 시험 붙는 거, 입사에 성공하는 거, 성적 올리는 거, 사업이 더 잘 되는 거, 장사가 잘 돼서 돈 많이 버는 거, 건강해지는 거. 이게 불가능한 목표이고 도저히 이룰 수 없는 꿈인가? 그렇지 않다.
그거 알고 있지 않은가. 그러니까 한번 해 보자.

나는 남다른 게
아무것도 없어요

"마술사 님, 저는 남다른 게 아무것도 없어요."

이런 소리도 들어봤다. 그런데 의외로 이런 생각, 고민하는 사람들이 많다는 건 비밀. 왜 나는 다른 사람보다 잘하는 게 없을까? 남들은 뭐도 잘하고, 저것도 잘하는 데 나는 너무 평범하기만 해서 고민이다, 이런 고민하는 사람들. 남과는 다르게, 남보다 더 잘 살고 싶은 데 그게 좀처럼 잘 되지가 않는다는 의미일 것이다.

사실 '인생 달라봤자 뭐 얼마나 다르겠어?'라는 생각이 든다. 태어나서 부모님 보살핌으로 자라다가 학교에 다니다가 졸업하고 사회를 나와서 직장을 잡고, 좋은 사람 만나서 결혼하고 아이를 낳고 보살피며 부모 역할을 하다가 나이를 먹어가는 거. 여기서 크게 다르게 사는 사람이 얼마나 되겠는가.

그래 안다. '비약 좀 심하다'는 거. 이는 내 고민이기는 하지만 한 발짝 떨어져서 객관적으로 살펴볼 필요가 있지 않을까? 그래야 제대로 된 대처가 나올 수 있으니까. 우물 속에 살고 있는 개구리가 하늘을 바라보면서 '우주란 파랗고 동그란 낮과 깜깜한 밤일 따름이지'라고 여기는 것과 뭐가 다르겠는가. 우물 밖으로 나와야 우주든 세상이든 좀 보이기 시작하는 거겠지. 그러니까 내가 남과 다른 게 없다는 고민도 남의 것인 것처럼, 한 발짝 떨어져서 객관적으로 보는 게 좋지 않을까?

제각각 다 다르게 살고 있지만 크게 멀리 떨어져서 보면 사람 사는 게 거기서 거기. 그래서 어떤 작가가 '인생은 멀리서 보면 희극이고 가까이서 보면 비극'이라고 하지 않았을까?

그러면 '나만의 것'을 어떻게 만들어낼까? 거창한 것에서 찾으면 찾기 힘들 거다. 사람 사는 게 대부분 거기서 거기라 비슷비슷한데 다르면 뭐가 그렇게 다르겠냐 싶다. 이를테면 '아싸의 삶을 살고 있는 핵인싸'라고 누가 나를 소개했는데, 듣다 보니까 '어~ 맞네' 싶기는 했다. 맨날 툭하면 캐리어 들고 외국으로 가서 몇 달씩 있다가 오거나, 지방 공연 간다고 훌쩍 떠나거나 하니까 월화수목금금금 회사 생활하는 친구들하고는 많이 달라 보이기는 하다. 퇴근하고 술 한잔하면서 어울리는 기회 자체가 별로 없으니까 얼핏 보면 '아싸'처럼 보이지만 나는 세상 어느 곳에 데려다 놔도 핵인싸로 사니까.

그런데 만약 '나만의 것'이 있다면 내가 아무리 해도 떨쳐내지 못했던 불신감 같은 것을 조금은 덜어낼 수 있지 않을까? 그럼 그런 '나만의 것'을 어떻게 만들어낼까? 거창한 것에서 찾으면 찾기 힘들 거다. '사람 사는 게 거기서 거기'라는 말이 괜히 생긴 게 아니니까. 이렇게 잘난 척하며 말하는 나도 그렇다. 마술사라는 특이한 직업으로 살고 있어서 남하고 비슷한 경험이 거의 없다고 여겼지만, 막상 책을 쓰려고 하니까 별로 쓸 말이 없었다. 생각나는 것도 별로 없고. 그랬더니 한 작가 선배가 이렇게 말해주었다. '라면 끓이기'라고 생각하라고. 라면 끓이는 방법이 사실 뭐가 다르겠는가. 물 끓으면 라면 넣고 익으면 먹는 거지.

근데 이 단순한 과정에 수많은 다양성이 있다는 것이다. '라면 좀 끓여봤다'는 사람들 중에 '내 방법'이라는 게 없는 사람이 한 명이라도 있을까? 사실 톡 까놓고 얘기해서 '나만의 방법' 중에서 정말 듣도 보도 못한 레시피가 얼마나 되겠는가. 뭐 요즘에는 '쿠지라이식 레시피'라거나 '김피탕(김치 피자 탕수육)'이라는 기상천외한 레시피도 있다고 하지만, 라면 끓이는 방법이야 물에 라면 넣고 끓여서 먹는 거, 여기서 얼마나 벗어나겠는가. 그런 거 아닐까?

생각해 보면 다 거기서 거기이지만 단지 작고 작은 차이가 모여서 '저 사람, 라면 좀 끓이는데' 하는 남다름이 만들어진 다는 것이다. '나는 남다른 게 아무것도 없어요'라는 고민이 들더라도 남들은 전혀 해보지 못한 거, 다른 사람들은 아무도 하지 않는 그런 경험을 쌓으려고 하기보다는 남들 다 하는 건 데에도 '저 사람은 왠지 약간 다른데?'라는 아주 작지만 분명한 차이를 만들어 보려고 연습하고 노력해 보는 거다. 그걸 '디테일' 혹은 약간은 다른 각도에서 이것을 '엑스트라 마일Extra-Mile'이라고도 한다. 이것은 한 걸음 더 나아가 상대방이 기대하지 않았던 것까지 해준다는 의미다. 이런 차이가 쌓이면 그게 바로 자신만의 차별화 포인트, 더 나아가 경쟁력이 되어주지 않을까?

내게서 느껴진다는
'페이소스'라는 게

나는 세상 어느 곳에 데려다 놓아도 마술 공연 한 번만 하면 인싸가 될 수 있다는 자신감으로 가득 차 있는 사람이다. 요즘 말로 하면 '핵인싸?' 하지만 내 삶은 '아싸'라 할 수 있다. 평범한 삶과는 너무나 거리가 먼 인생 궤적을 걷고 있으니까.

남들처럼 남과 다른 나를 만드는 작은 차이를 생각하고 고민하는 게 직업인 마술사인 나이지만 나도 인간관계라는 게 마냥 쉽거나 하지는 않은 건 고백이라면 고백이겠지?

언젠가 나를 보고 '페이소스가 느껴진다'는 사람이 있었는데, 아마 그건 서로 부딪치는 두 가지의 생각을 진지하게 고민하고 있기 때문인지도 모르겠다. 내가 조금만 도와주면 누군가가 더 좋은 공연을 할 수 있을 것 같다는 순수하게 친절한 마음과, 고민하고 구상하고 있는 것들을 그렇게 알려주게 되면 결국 내 공연이 더 좋아지기 힘들다는 절실하게 솔직한 마음이 충돌한다는 거다. 아무리 친한 사이어도 쉽게 말할 수 없는 내밀한 마음 같은 거겠다.

이 고민을 하게 된 게 제법 됐지만… 모르겠다. 아직도 계속 고민 중이다. 뾰족하고 명쾌한 해답을 좀처럼 찾지 못하겠다. 언제나 그랬던 것처럼 이런저런 시도를 계속하고 있다. '하다 보면 뭔가 방법이 나오지 않을까?' 하는 믿음이 있어서다. 이를테면 당장 헤드라이트를 켰지만, 30미터 앞밖에는 보이질 않아도 그냥 도로에서 직진하는 그런 때라고나 할까?

안개가 자욱하게 낀 도로를 조바심 내며 달려도 결국에는 목적지까지 도착은 하는 것처럼 말이다. 이렇게 저렇게 시도하다 보면 답이 나올 수 있으리라는 기본적인 믿음이 나에게는 있다. '나'라는 존재에 대한 가장 기본적인 믿음 같은 것이라고 해야 할까?

참, 나를 보면서 페이소스를 느낀다는 분이 해준 말이 더 있다. 인간은 때때로 자기가 진실하다고 믿고 있는 두 가지의 믿음이 서로 충돌할 때를 만나게 되는 데, 그 진실 사이에 낀 인간은 산산이 부서지는 경험을 하게 된다고 한다. 그걸 '비극'이라고 부른다는 것이었다.

정확하게 이해한 것인지는 모르겠지만 '그래서 가끔씩 슬프구나' 싶기는 하다. 그런 '비극'을 너무나 인간적인 순간이라고 표현하기도 한다.

여기까지 읽어주신 것에 너무나 감사드린다. 그리고 어떤 고민 중이시든, 혹시 마음속의 간절한 감정들이 서로 부닥치는 모순적인 것이라고 해도 너무 좌절만 하지 않으셨으면 한다. 그것들을 해결하고 고민하며 갈등하는 과정 속에서 우리네 삶이 보다 풍부해지고, 우리 자신이 단단한 존재로 거듭나는 것이 아닐까?

부디 이 책을 읽으신 분들 모두 생각하고 소원하시는 모든 것들을 성취하시길 바란다. 대지진까지 겪었던 버스커 마술 사이지만, 그때 보다 더 긴장되고 조바심이 난다. 우여곡절이 많았지만 이쯤에서 '책'이라는 형태로 처음 해보는 공연의 피날레를 해야겠다. 마지막으로 이 한 마디만 덧붙이겠다.

"일단 해봐요. 그것이 무엇이든!"

모든 것이 무너지던 날, 새로운 세상을 만났다

쉼 넷, 가장 무의미한 '네 번째'에 대한 고민

세상에는 네 가지 종류의 일이 존재한다고들 생각한다.

첫 번째, 실천해서 성공한 일

두 번째, 실천했지만 성공하지 못한 일

세 번째, 실천하지도 않았고 성공하지도 못한 일

네 번째, 실천하지도 않았지만 성공한 일

삶이 알려주는 진실은 네 번째 종류의 일은 존재하지 않는다는 것이다. 실천하지도 않았는데 우연히 성공했다던가 하는 그런 일은 없다. 어떤 것인가를 이루기 위해서 고민하고 계획하며 실천했지만 안타깝게 성공하지 못하는 일도 세상에는 많다. 적어도 성공하려고 계속해서 시도하고 노력하지도 않으면서 성공하지 못함을 원망하는 것만큼 부질없고 어리석은 일도 드물다.

죄를 지은 벌로 망망대해의 무인도에 고립되어 갇혀 살던 빠삐용은 그 섬을 탈출하기 위해서 수십 년 동안 끊임없이 시도하지만 그는 번번이 실패하고 좌절을 겪기만 한다. 그런 빠삐용에게 꿈에서 만난 천국의 재판관은 인생을 허비한 죄를 물어 그에게 유죄를 선고한다. 그렇게 끝도 없이 탈출하기 위해

갖은 노력을 하던 빠삐용은 나태하다는 판결을 받는다. 영화 역사상 길이 남을 명작이라는 데, 그 깊이를 다 헤아릴 수는 없겠지만 무언가를 위해서 온 힘을 다해 열심히 노력해야 하는 것이 인생이라는 메시지가 아닐까 싶기도 했다. 결국 영화의 마지막에 빠삐용이 몸을 실은 걸레 같은 뗏목은 그렇게 번번이 넘지 못하던 섬 주변의 높은 파도를 넘고 망망대해로 나아가기 시작한다. 인생은 결국 스스로 선택하고 행동하는 자의 것이니까.

앞으로 삶의
디딤돌이 되어줄 한 권

'이제 겨우 30대 중반에 내 삶의 이야기를 담은 책을 출간한다는 것이 자칫 조급한 건 아닐까?' 싶었다. 하지만 '평범하지는 않았던 삶을 하루빨리 공유하고 싶다'는 마음에 이 책이 이렇게 세상에 나오게 되었다.

그저 '나는 이런 상황에서 이렇게 생각했다'라는 것을 꾸밈 없이 공유하고 싶었다. 누군가 인생에서 어떤 고민을 하게 된다면 필자가 앞서 가졌던 생각과 행동을 거울삼아 부디 지혜로운 결정을 내렸으면 좋겠다.

흩어져 있던 경험과 수많은 생각을 하나의 이야기로 엮는다는 것은 쉽지 않은 과정이었다. 책을 쓰려고 염두에 두고 살아온 건 아니었기 때문에 정말 공유하고 싶은 이야기의 사진이나 영상 자료가 없을 때는 아쉬움도 컸다. 그리고 주변

이들의 도움을 받아 가며 이 작업을 마무리할 수 있었다.

마술사였기 때문에, 공연자였기 때문에 '남들에게 난 어떻게 보일까?'를 늘 고민할 수밖에 없었고, 과장된 행동과 말이 일상이 되곤 했었다. 이 책을 쓰면서 스스로 내면을 분석하고 과거의 마음과 고민을 곱씹어 보는 과정은 더욱 큰 의미가 될 수 있었다.

'사람들을 웃게 했던 공연들', '인생 최대 사건이었던 네팔 대지진' 등 그저 추억의 한 장면으로 끝날 수 있는 일들이지만, 이를 계기로 과거를 회상하면서 많은 반성과 감사를 했고 놓칠 뻔한 의미도 찾을 수 있었다.

이 책이 '인생의 결과물'이 아니라 '앞으로 삶의 디딤돌' 역할을 했으면 좋겠다. 나 자신에게는 많았던 시행착오를 정리하고 더 현명하게 살 수 있는 하나의 계기가 됐으면 한다. 그리고 다른 분들에게는 '이러한 사람도, 이러한 삶도 있을 수 있다'는 정도로 다가가길 원한다. 더불어 조금은 틀에 벗어난 삶도 나쁘지 않음을, 의미가 있음을 알게 되는 한 권이길 바란다.

책보다는 축구공을 좋아했던 터라 글을 쓴다는 것은 너무나 생소한 일이었다. 나의 인생을 이야기하는 것이지만 동료들의 도움 없이는 할 수 없는 일이었을 것이다. 이 작업을 하면서 나와 함께 인생을 꼼꼼하게 반추해 주었던 아내, 부모님, 친구들과 선·후배들에게 감사를 전한다. 그리고 내 삶을 책이라는 형태로 나올 수 있게 지원해 주신 기획자 님께도 감사드린다.

주어진 조건에서 열심히 인생을 살았기 때문에 이런 결과물이 나온 것이라 믿는다. 30여 년이 지난 후에도 또 삶을 돌아보며 다른 분들의 인생에 재미있는 가이드라인이 될 수 있는 에세이를 다시 한번 쓰고 싶다.

그럼 이제 또다시 새로운 인생 여행을 떠나고자 한다. 당신의 삶도 부디 재미있고 의미 있는 이야기로 가득 채워지길 희망한다.

〈광대상자〉 음원